OSM

PAMUK

KAFES

BEYAZ ÇIĞLIKLAR

Kafes / *Osman Pamukoğlu*

Yayıncı ve Matbaa Sertifika No: 10614

Genel yayın yönetmeni Senem Kaleli
Yayınevi baş editörü Ahmet Bozkurt
Editör Burcu Bilir Agalar
Kapak tasarım Cengiz Duhan
Sayfa tasarım Yasemin Çatal

ISBN: 978-975-10-3673-5

16 17 18 19 6 5 4 3 2 1
İstanbul, 2016

Baskı ve Cilt
İnkılâp Kitabevi Yayın Sanayi ve Ticaret AŞ
Çobançeşme Mah. Sanayi Cad. Altay Sk. No. 8
34196 Yenibosna – İstanbul
Tel : (0212) 496 11 11 (Pbx)

İNKILÂP Kitabevi Yayın Sanayi ve Ticaret AŞ
Çobançeşme Mah. Sanayi Cad. Altay Sk. No. 8
34196 Yenibosna – İstanbul
Tel : (0212) 496 11 11 (Pbx)
Faks : (0212) 496 11 12
posta@inkilap.com
www.inkilap.com

OSMAN PAMUKOĞLU

KAFES

BEYAZ ÇIĞLIKLAR

İNKILÂP

Osman Pamukoğlu'nun yayınevimizden yayımlanmış diğer kitapları ise şunlardır: *Unutulanlar Dışında Yeni Bir Şey Yok*, 2004; *Ey Vatan*, 2004; *Kara Tohum*, 2005; *Ayandon*, 2006; *Yolcu*, 2007; *İnsan ve Devlet*, 2007; *Angut*, 2008; *Akıllı Ol!*, 2012; *Siyasetin Sefaleti*, 2013; *Cehennemdere Kanyonu*, 2013; *Savaş Sanatı*, 2014; *Önder*, 2016.

iletişim: osmanpamukoglu1967@gmail.com

"Mutluluk kolay iş değildir,
onu içimizde bulmak zor,
başka yerde bulmaksa imkânsızdır."
Chamfort

1. Bölüm

İki tarafı defne ağaçlarıyla kaplı eski bir kuru dere yatağından geçtikten sonra, iki üç kilometre gitmişti ki, bu kez sulu bir başka dereyle karşılaştı. Üç saattir hiç mola vermeden yürüyordu; sırt çantası da hatırı sayılır ağırlıkta olmasına rağmen, ara verip dinlenme ihtiyacı duymadı.

Henüz yağmurlar başlamadığından derenin ana yatağının neredeyse üçte birinde su vardı; takip ettiği patika yol, daha önce de insanlar ve hayvanlar tarafından kullanıldığından; kendisi de izlediği yol nedeniyle en uygun geçiş yerine gelmişti. İniş için kullanacağı yamaç fazla meyilli değildi, ama geliş gidiş nedeniyle zaten dar olan kesim bir miktar çamurluydu.

Sırt çantasının kayışlarını gererek, beline doğru inmiş olan ağırlığın omuzlarına verilmesini sağladıktan sonra inişe başladı. Birkaç kez kaydıktan sonra da ayakların düz değil çapraz basılması halinde inişin daha uygun olacağını fark etti, öyle yaptı.

Derenin tabanında su, tam geçiş kesiminde birkaç yayvan kayanın etrafından dolaşarak akışını sürdürüyordu. İnsanların neden burayı devamlı kullandığı şimdi daha iyi anlaşılmaktaydı. Kayaların bittiği yerden sonra, derenin suyu, yumuşak olan toprağı genişleterek doğal bir havuz meydana getirmeyi müteakip, tekrar yatağının genişliğinde kuzeye doğru yoluna devam ediyordu.

Doğal havuzda bulunan birkaç kurbağa, zaten hiç durmadan viyaklamaya devam ederken, geçide inen insanı fark edince beş altı kurbağa hep birden bulundukları kıyıdan çığlık atarcasına viyaklayarak su birikintisine atladı. Bir daha da sesleri çıkmadığı gibi görünmez de oldular.

Dereyi geçmek için ilk yassı kayaya adımını atarken içinden, *Niye böyle korktunuz ki, benden size zarar gelmez*, diye geçirdi. Karşı yamaç da çamurlu olduğundan, toprağa çapraz çapraz basarak dere yatağından çıktı. Arazi birkaç yüz metre daha yokuş halindeydi, yokuş bittiğinde dümdüz bir meydana çıktı ve burada arazi, sırf gri renkli bir halı döşenmiş haldeydi. Alan baştan aşağı kekik çiçeği ile kaplıydı. Aralarda insanların kullandığı, bir kişinin geçebileceği izler vardı. Bunlardan birini kullanarak kekik denizini geçerken yayılan koku genzine doldu ve soluması tazelendi. Kekik denizinin ortasında sanki bir adaymış gibi duran, çeşitli bitkilerden oluşan küçük bir kümecik vardı. Sırt çantasını çıkardı; önce, bütün yönlere bu muhteşem görüntüyü daha iyi hissetmek için ayakta baktı ve sonra oturdu.

Rüzgârsız, durgun ve sıcak toprakta çiçeklerin kokusu daha keskin duyuluyordu. Gökyüzü parlak mavi; güneş ufka doğru alçalmaya başlamıştı.

Kekik denizinin şurasından burasından iki ayrı kuş sürüsü, zaman zaman havalanıp kısa uçuş süresinden sonra tekrar yere konuyordu. Her sürü kendi cinsinden oluşuyordu. Bu sürülerden birini isketeler, diğerini ise sakalar oluşturuyordu. İsketeler, alt tarafı sarı, üst tarafı yeşil üzerlerindeki koyu çizgilerle; sakalar, başları kırmızı, beyaz ve siyah renkleriyle birbirlerinden kolaylıkla ayrılabiliyordu. Her iki tür de en iyi bilinen ötücü kuşlardandı. Ayrı ayrı bölgelere konup kalkmalarına rağmen, özellikle uçuş anlarında sakaların ötüşleri daha güçlü ve çeşitlemeli olduğundan, isketelere göre daha baskındı. İskete ve sakalar baharda kuzeye, sonbaharda güneye göç eden kuşlardandı. Ama burada görünenler; bölgede kışın çok sert geçmemesi, zengin ağaçlık alanlar, orman açıklıkları, köyler, otsu bitkilerin zengin oluşu nedeniyle artık mahalli kuşların bir parçası haline gelmiş ve göç etmekten vazgeçmişlerdi. Buna rağmen, gene de yerel kuşların bir kısmı, göç mevsimlerinde havada hareket halinde olan kendi türlerine katılabilmektedir.

Yerinden kalkmak ve buradan ayrılmak hiç içinden gelmedi. Atmosfer büyüleyiciydi. Bugün ilk günüydü ve doğada ilk gecesini geçirecekti. Aslında burada gecelebilirdi ama o, bir orman içi ve kenarını düşünmüştü.

Elindeki ayrıntılı ve yeni basım tarihli bölge haritası çok yakında, birbirine yakın ikisi meşe, biri çam üç ormanın olduğunu gösteriyordu. Bulunduğu yerden ormanları göremiyor, ama onların çok uzakta olmadığını biliyordu. Üç orman da batıdaydı.

Ayağa kalkınca, sırtının biraz sızladığını hissetti. İlk kez bu ağırlıkta bir yük taşıyordu. Umursamadı... Ağırlığı omuzları üzerine gelecek şekilde sırt çantasının kayışlarını gererek ayarladı ve batı yönünde yürümeye başladı...

Bir saati geçmemişti ki, arazinin kırılan meyilinin altında, en fazla yarım saatlik bir mesafe uzaklığında, birbirinden çok mesafeli olmayan iki ayrı meşe ormanı ile karaçam ormanını gördü. Sol tarafta bulunan meşe ormanının güneyinde ise kiremitleri görünen beş altı evin bulunduğu bir köy vardı.

Çam ile diğer meşe ormanının ortasında bulunan meşe ormanını konaklama yeri olarak seçerek yürüyüşünü o istikamete yaptı. Yürürken, *Ormanın içinde mi, yoksa kenarında mı konaklasam daha iyi olur?* diye düşündü.

Ormanın içi bilinmezlik demekti! Gerçi bu ormanlar, belgesellerde görünen ve izlenen Afrika ormanları gibi tüm vahşi yaşamı içermiyor; kaplanları, aslanları, filleri ve maymun aileleri ile parsları barındırmıyordu, ama gene de orman ormandı!

Dev meşe gövdelerinin kenarına geldiğinde, ne kadar sık ve yoğun bitki örtüsünün ormanın tabanını işgal ettiğini gördü. Ormanın içinde değil, kenarında uygun bir yerde kamp kurması gerektiğine inandı. Ormanın dış kenarları da o kadar çok çalı ve bitki grubuyla çevriliydi ki, birkaç yüz metre boydan boya yürüyerek yer bulmaya çalıştı. Bu sırada ormanın ilk ağaçlarında tünemiş olan üveyikler bulundukları yerleri ötmeden, telaşlı kanat çırpışlarıyla terk ettiler. Bu yılın yeni yavruları olduğu anlaşılan ve henüz tam palazlanmamış üveyikler, acemiliklerinden kanatlarını dalların arasından gelişi güzel vurarak beyaz göğüs tüylerinin bir kısmını boşluğa bıraktılar.

Havanın bir iki saat daha aydınlık kalacağını bilmesine rağmen, kararmadan önce yapması gereken işleri vardı. Aslında çok zaman alacak şeyler değildi, fakat ilk kez yapacağı için karanlığa kalmak da istemiyordu.

Kuracağı tek kişilik dağcı çadırı çok geniş yer kaplamayacağı için, çepeçevre çalılıkların arasında küçük bir alan buldu. Burası bir kenarı açık diğer yanları çalılarla örtülü "U" şeklinde bir yerdi. Sırt çantasını indirdi ve belki ilk olduğu için, bütün malzemeleri tek tek çıkarıp toprağa dizdi. Bunlar çadır, hafif bir uyku tulumu, küçük bir balta, portatif kürek, bir parça halat, teneke bir kupa, plastik tabak, ışıldak, batarya, bir kutu kibrit, çok amaçlı çakı, konserveler, peksimet, bir miktar kesme şeker ve bir kaşıktan ibaretti. Taşıma esnasında, çadır ve uyku tulumunu sırt çantasının altına rulo yapılmış şekilde yerleştiriyordu. Sırt çantasında ayrıca kuşlar, ağaçlar ve bitkilerle ilgili iki kitap, not tutmak için bir defter, tükenmez ve renkli kalemler vardı. Harita ve pusula ise sırt çantasının küçük cebinde duruyordu. Su matarasını bıçağı ile birlikte geniş bir kemerle belinde taşıyordu.

Doğaya çıkmadan önce birkaç kez prova ettiği için tek kişilik çadırı çabuk kurdu, eteklerini toprağa yüksüklerinden çiviledi. Fakat, çadırın etrafına yağmur oluklarını açmaya ihtiyaç duymadı. Bunun için bir ara tereddüt etti, ama ona öğretilen şekliyle yaptı. Güneş ufkun gerisine çekilmişti. Görebildiği alanlardaki ufuk hattını kontrol etti. Ufkun tamamı, sıfır çizgisinde pembeye çalan bir kırmızı ve erguvan rengindeydi. Bu şu demekti: Bu gece ve yarın hava açık olacak.

Etraftan kuru çalı çırpı toplayarak küçük bir ateş yaktı. Hemen aklına bu ateş küçük de olsa yakındaki köyden insanlar alevi göremez, ama dumanı fark edebilirler diye düşündü. Duman çok çıkmadığı ve yoğunluğu olmadığı için bu ihtimali aklından çıkarttı. Yürüyüş sırasında bir kaynaktan matarayı doldurduğundan, su arama ihtiyacı yoktu. Aslında ateşi de hem bir deneme yapmak hem de teneke kupada su kaynatıp çay yapmak için yakmıştı. Arazide ateş yakmak da bir tecrübe işidir. Yakılacak şeylerin nasıl istifleneceği bile önemlidir. Aksi halde, saatlerce uğraşıp tutuşturmak mümkün değildir. Bunu bile önceden denemişti.

Bir konserve açıp onu peksimetle yedi. Sonra kaynayan sudan çay yaptı. Hava henüz alacakaranlıkta iken, ışık gerekmeden, not defterini ve kalemi alıp ilk gününe ait bir şeyler karalamak istedi, ama nedense içinden hiçbir şey yazmak gelmedi, vazgeçti...

Ateşin sadece birkaç közü ve az miktarda külü vardı. Kürekle üzerine toprak dökerek tamamen kapattı. Çadırın yanında otururken, çok bir şey olmamasına rağmen bugün görüp yaşadıkları bir film şeridi gibi gözlerinin önünden geçti, bu isteyerek olmadı.

Havanın iyice kararmasıyla bulunduğu yerden kalktı, gökyüzünü daha geniş açıyla görebilmek için ormandan uzaklaşıp çim ve otlarla kaplı açık alana gitti. Ay henüz yoktu. Tepe, pıtırak gibi yıldızlarla donatılmış durumdaydı. Merakını gidermesi lazımdı! Önce Demirkazık'ı buldu. Daha sonra Büyükayı'yla Küçükayı'yı tespit etti. Bunu çok hızlı yapabildiği için de sevindi. Haritası da vardı, pusulası da. Ama bu başka bir duyguydu.

Tekrar çadırın yanına gelip oturdu. Uykusu bir türlü gelmiyordu. Evinden ve ailesinden daha önce de kısa sürelerle tek başına veya arkadaşlarıyla ayrılmıştı. Ama o ayrılışlar şehirden şehre olmuştu. Oralarda gündüz zaten gündüzdü, geceler de her zaman ışıl ışıldı. Bir ara aklından, *Bir arkadaş yanıma alsa mıydım?* diye geçti. Halbuki bunu doğaya çıkmadan önce kaç defa düşünmüştü, ama sonuçta doğru da bulmamıştı. Yanında bir kişi daha olması demek, zorlukları ve sorumlulukları ikiye bölmek demekti. Kendini tam test edemeyecek, yalnızlık hissetmeyecek, en önemlisi de kendini dinleyemeyecekti. Arkadaş aramak, biraz da korku duygusuyla hareket etmek demekti. Hem korku hem de doğal yaşamı istemek, olacak şey değildi. Yaptığı doğruydu, yalnız olmalıydı.

Gece yarısına doğru ay tepedeki yerini aldı. Onun çıkmasıyla açık alanlar ışıldadı, ormanın tepelerine de bir parlaklık geldi. Kısa bir süre sisten farkı olmayan cılız birkaç bulut, hızla ayın önünden geçip kayboldu. İlk defa ışıldağını yakıp çadırın içine girdi ve uyku tulumuna yerleşerek fermuarını üzerine çekti. Ayağındaki kısa botları çıkarmadan uyku tulumuna girmişti. Botlar, sanki rahatsızlık veriyormuş gibi oldu. Aklından onları çıkartmak geçti, ama hemen vazgeçti. Ne olur ne olmazdı! Saatlerce uyuyamadı. Bir ara köpek sesine benzer bir uluma veya havlama gibi bir ses duydu; yakından gelmiyordu ama tedirgin oldu. Sabaha karşı uykuya daldı.

Bütün gece böceklerin şarkısı! Benim diyecek orkestralara taş çıkartırcasına devam etti...

2. Bölüm

Doğanın sabah olduğunu bildiren çalar saati, borazan gibi cırtlak sesiyle uzun bir seda ile öttü. Ona, ikinci bir horoz karşılık verdi, üçüncü de koroya katıldı; sonra sayıları daha da arttı, düzlükleri baştan başa kapladı, orman duvarlarında yankılandı ve sonra birden kesildi...

Rüzgâr, meşe palamudu ve çam reçinesini içeren hoş ve keskin kokusuyla hafif hafif esiyor, etrafı saran ormanlardaki dallara tüneyen çeşitli kuş türleri kendi dillerinde şarkılar söylüyordu. Soluk mavi doruklar parlamaya, güneş de dağların arkasından göz kırpmaya başladı.

Bir tür yaban güvercininin kalabalık halde, çadırının hemen yakınındaki dev ağaca gürültüyle konması üzerine uyandı. Uyku tulumundan çıkıp çadırın dışına çıktı. Nemli havayı içine çekerken, doğanın insana güç ve güven saçan kokusu, sesi ve görkemini iliklerine kadar hissetti. Ateş yakmadı, matarasında kalan suyla yüzünü yıkadı, yiyecek birkaç şey atıştırdı ve hemen çantasını taşınabilir hale getirip yola koyuldu.

Güneş kızgın ve bulutsuz bir gökyüzüne yükselmişti. Çöküntülerde hafif ve serin bir esinti vardı. Yerleşim alanlarından uzak, bağ ve bahçe olarak işlenmiş bir sebze ve meyveliğin içindeki kuyudan, kuyunun kovası ve çıkrığı ile su çekti. Yüzünü yıkadı ve kana kana su içti; matarasını doldurdu. Kuyu suyunun buz gibi olmasından ziyade lezzetine hayran kaldı. Bambaşka bir tat, bambaşka bir nefaset vardı. Şehirde kendilerine "su" diye sunulanlar ile kuyudan içtiği suyun, görüntüsü dışında hiçbir benzer yan yoktu.

Bir kuşun kendine has sesi ve ötüşüyle, dikkatini sesin geldiği yöne çevirdi ve bulunduğu yerden 20-30 metre uzaklıkta bulunan bir incir ağacına sarıasmanın* konduğunu gördü. Kuş birkaç dal değiştirdikten sonra, olgunlaşmış bir inciri birkaç kez gagaladı ve özel sesiyle öterek havalanıp gitti.

İncir ağacının altına gitti. İncirin birkaç metre ötesinde de bir elma ağacı vardı. Elma henüz olmamıştı, ama incirlerin büyük bir kısmı olgunlaşmış durumdaydı. Önceden olgunlaşmış olan incirler yerlere dökülmüş, bazılarını da karıncalar sarmıştı. Karıncaların yere dökülmüş olan bir inciri parçaladıktan sonra elde ettikleri küçük bir par-

* Yöresel olarak bazı bölgelerde "sarısandal" olarak isimlendirilen, orta büyüklükte, tüyleri sarı ve açık yeşil tonlarda göçmen bir kuş.

çayı büyük bir azim ve gayretle, yuvaları neredeyse oraya doğru canhıraş bir çalışkanlıkla götürüşlerini gülerek ve imrenerek izledi. Başını yukarı kaldırdığında ağacın üzerinde onlarca minik incirkuşunun incirlerin çekirdeklerini yediklerini ve kendisinden bir tehlike beklemedikleri için de kaçmadıklarını gördü. Olgunlaşmış incirlerin neredeyse hepsi bu minikler tarafından gagalanmış gibiydi. Bu şunu gösteriyordu: Demek ki bu bağın sahibi kimse, uzun süredir buraya uğramamıştı. Alt dallardan doyuncaya kadar incir yedi. *Keşke sahibi burada olsaydı da onun müsaadesiyle incirleri kopartsaydım,* diye de kendisiyle iç hesaplaşma yaptı. Hatta bir ara, *görünen bir yere para bıraksam mı?* diye de geçirdi. Bu ağacın ihmal edildiği ortadaydı, aksi halde ağaçtan düşmüş, yere hasır gibi serilmiş bu kadar incir olur muydu?

Elmanın dibi de sebil gibiydi. Elma henüz olmamıştı; yere düşenler, içinde kurt olanlardı, sapları zayıfladığı için erkenden dökülmüşlerdi. Renkleri sarımtırak ve açık pembeydi, dışarıdan bakıldığında küçük bir kahverengi delik dışında, turp kadar sağlam görünüyorlardı. Yerdeki elmalardan olabildiğince toplayıp çantasına koydu.

Bir harita her zaman yolları ve yönleri insanlardan daha iyi tarif ederdi. Haritaya bir kez daha göz attı... Dik yokuşları aştı, dar bir vadiyi zikzaklarla geçti, ağaçların dallarının birbirine girdiği patikalardan yürüdü, keçi yollarının birbiriyle kesiştiği yerlerden böğürtlen yedi ve henüz olgunlaşmaya başlamış olan kızılcıklardan topladı; çeşitli ürünlerin ekili olduğu tarlalar gördü, balkabağı yığınlarının yanından geçti, derisi soluk kahverengi küçük kertenkelelerle karşılaştı, uzaklardaki kiremit çatılı köy evlerini, yakınlarında bulunan ağılları, otlayan büyük ve küçük baş hayvanları seyretti. Çantasının sırtına sürtünen kısmı sırılsıklamdı, son dönemecin dibinde durdu ve dinlendi...

Güneşin batmasına saatler vardı, rüzgârsız ve kuş cıvıltısız bir ortamdaydı. Havaya bunaltıcı denilebilirdi. Birden önüne bir dağ tavşanı çıktı, hayvan bir insanla karşılaşacağını beklemediğinden kısa bir süre ona baktı ve tabana kuvvet yamaçtaki çalılıklara dalıp gözden kayboldu.

Şimdi, yanından geçtiği orman, cırcırböceklerinin sesleriyle uğulduyordu. Güneş gözlüğünü çıkardı ve alnından akan terleri sildi, çorapları da su gibi olmuştu, ama onlara gün ortasında yapacak bir şey yoktu... Bugün dünden daha fazla terlemiş ve yorulmuştu; çünkü, güneş bu eylül gününde sanki temmuzdan kalma gibi yakıcıydı, üstelik bugün çok daha hızlı yürümüş, daha fazla yol kat etmişti.

Yapraklarını döken ve dökmeyen ağaçlardan oluşan, ama çok büyük sayılmayan ormanı bir kenarından diğer ucuna, içinden geçmesi çok zaman almadı. Orman bittikten sonra geniş bir otlak, otlağın ormana yakın olan yerinden 300-400 metre ileride de üzerinde tek bir ağacın bulunduğu doğal, yassımsı bir tepecik vardı. Dikkatli bakınca ağacın dibinde birinin oturduğunu fark etti. Dürbününü çıkarıp bakınca da orada bir insan ve kurulmuş, makaslı bir dürbün olduğunu anladı. Aklından, *Bir kuş gözlemesi herhalde*, diye geçirdi. İki gündür herhangi bir insanla karşılaşmamıştı. Bir kuş gözlemcisiyle karşılaşmak, ondan bilgiler almak, yeni şeyler öğrenmek için iyi bir tesadüftü. Tepeciğe doğru yürümeye başladı.

Tepedeki ağacın altında oturan adam kendisine doğru yaklaşanı gördü, hasır şapkasını biraz arkaya atarak gelene bakmaya başladı; birkaç metre yanına yaklaşınca da gülümseyerek, "Şehirli! Hangi rüzgâr attı seni buralara?" dedi.

Sırt çantasını çıkarmaya çalışırken, cevap verdi:

"İyi günler, efendim. Ben Çağrı, sizi rahatsız etmiyorum ya?"

"Ne münasebet, gel otur, biraz dinlen bakalım."

Çantasını bir kenara bırakıp, elleriyle üstünü başını silkeleyip, adamın tam karşısına oturdu. İkisi de ağacın gölgesi altındaydı.

Adam, "Benim adım Asaf, beş yıldır bu bölgede, daha doğrusu doğanın kucağında yaşıyorum. İki kilometre ötede, buradan görünmüyor, on dönümlük bir bahçenin içersinde, tek katlı bir evde yaşıyorum. Kafesten kaçıp kurtulabilmeyi başaran biri olarak tanımlayabilirsin beni! Sen kimsin? Şehirli olduğun anlaşılıyor da sonrası?"

"Asaf Bey, ben mühendislik eğitimimi bu dönem bitirdim, henüz iş aramadım, çünkü kasımda askere gidiyorum. Aslında hep biyolog olmak istedim, kısmet değilmiş, askerden önce, bu eylül ayını doğanın içersinde yaşayarak geçirmek istedim. Hep hayalimdi; dağlarda, ormanlarda, dere ve nehir kenarlarında bitkilerle, kuşlarla yaşamın nasıl olduğunu hep merak ederdim, kısmet bu yılaymış. Ağaçlara, bitkilere ve kuşlara ait çok kitap ve doküman okudum, ama bizzat yaşamadan, görmeden, dokunmadan olmadığını da biliyordum.

"Doğru; hiçbir şey konuşarak, okuyarak bulunmaz; arayarak bulunur, yaşayarak öğrenilir."

"Beş yıl bayağı uzun bir zaman, ara ara da olsa buradan hiç ayrılmadınız mı?"

"Hayır, ayrılmadım; niye ayrılayım ki? Çok sık olmasa da bazen kasabaya gidip günlük ihtiyaçlarımı alıp aynı gün dönüyorum."

"Demek canınız hiç sıkılmıyor?"

"Can sıkıntısı, iç zenginliği olmayanların kendilerinin dışında başka şeyler aramasından kaynaklanır. Benim, odaları kitap dolu bir evim, bahçem, köpeğim, tavuklarım, sebze ve meyvelerim var. Yetmez mi? Doğanın bahşettiği ihtişam da cabası!.."

"Herkesin yapabileceği bir şey değil, ama..."

"İsterlerse yaparlar, ama kafesten bir kurtulabilseler!"

"'Kafesten kurtulmayı başardım,' demiştiniz. Tam olarak neyi kastettiniz?"

Asaf Bey ayağa kalktı, ağacın alt dallarından, bir misketten biraz büyük, koyu kahverengi meyvelerden birkaç tane koparıp Çağrı'ya da uzattı ve sordu:

"Bu ne ağacı?"

"İlk defa görüyorum, bilmiyorum."

"Isır bakalım, tadı hangi meyveye benziyor?"

Çağrı birbiri arkasına iki meyveyi de yedikten sonra:

"Armudu andırıyor," dedi.

"Doğru, bildin. Bu dağ armudu, diğer adı ahlat. Dayanıklı bir ağaçtır. Türkiye'nin her bölgesinde rastlayabilirsin."

"Şu, 'armudun iyisini dağda ayı yer' sözü bunun için mi söylenmiş?"

"Tam da o işte, yani ahlatı anlatıyor bu deyiş. Ahlat armutgiller familyasındandır; yabanisidir, aşılarsan istediğin armudu sana vermeye hazırdır."

Tam sözünü bitirmişti ki, biraz uzaklarından kahverengi ve beyaz tonlu tüyleri olan iki kuş yıldırım hızıyla geçip gitti.

Asaf Bey, "Bıldırcın bunlar, ya köpeklerden ya da yakınlarda bir yerdeki avcılardan ürktükleri belli," dedi.

"Hangi kuş olduğunu nasıl bildiniz?"

"Kuşları uçuşlarından tanırım!"

Bunları söylerken hâlâ ayaktaydı, otururken:

"Kafesi merak ediyorsun demek!"

"Evet, onu sormuştum."

"Dünyada kafeste olmayan insan yok ki! Herkes kafeste de, kafeslerin boyutları farklı. Küçük kafes, orta ve büyük kafesler var. Bir de 'kapanca' var, o ise kafesin hücre şekli olup, sayısız kuş hep beraber, üst üste aynı yerde yaşar. Ben en büyük kafesteydim, ama o bile beni boğduğu için, kapısını kırıp doğaya, buraya geldim ve sonsuz konakladım."

"Peki; eşiniz, çocuklarımız yok mu? Ne işler yaptınız önceleri?"

"Tesadüfe bak! Ben de senin gibi mühendislik eğitimi aldım. Bürokrasi ve özel şirketlerin en üst kademelerinde bulundum. Doğa tutkum çocukluğumdan gelir, ama hizmette bulunduğum yıllarda, istesem de doğayla baş başa kalamadım. Eşim ve çocuklarım şehirde yaşıyor. Çocuklar büyüdü, işleri büyük kentlerde, hanımın da orada çevresi var, onlardan kopamıyor. Ben kararımı verdim ve kafesi devirip kaçtım."

"Şimdi siz, 'kabuğuna çekilmiş adam mı' oluyorsunuz?"

"Ne ilgisi var Çağrı? Tamamen tersi, kabuğu kırdım, ağı parçaladım, kafesi devirdim, mutlak özgürlüğü seçtim." Bunu söylerken gülümsemeyi bırakıp kahkaha attı.

"Sizinki bir nevi yaşamın kentleşmeye dönüşmesine karşı tepki mi?"

"Aksine, son yıllarda bilim, tıp ve teknoloji alanlarında müthiş ilerlemeler kaydedildi, ama insan ruhunun anlaşılması ve iyileştirilmesi geri kaldı. İnsanların birbiriyle barış içinde yaşayıp yaşamayacağı belli değil; yerkürenin kaynaklarını yok edip etmeyeceğimiz belli değil; bize benzemeyen, din ve gelenekleri değişik olan insanlardan korkmaya devam edip etmeyeceğimiz belli değil, nefretin sevgiye üstün olup olmayacağı belli değil..."

"Köpeğiniz yanınızda değil."

"Aramızda görev bölümü var. Ben evden ve bahçeden çok uzaklaşırsam, güvenlikten o sorumludur. Ben bahçedeyken, o gider dolaşır, civarda tur atıp gelir. Küçük süs köpekleri hariç, orta ve daha büyük köpeklerin bir gündeki hareket ihtiyaçlarının kaç kilometre olduğunu biliyor musun?"

"Hayır, bilmiyorum."

"20 kilometredir. Eğer bu sağlanamıyorsa, yaşam ömürleri azalır."

Sekiz on karga haykırarak, önlerinden uçup gitti. Bir ağaçkakan süzülerek onların altında bulunduğu ardıca doğru gelirken, insanları fark edince çevik bir hareketle uçuş yönünü değiştirip uzaklaştı.

Çağrı, "Ben yine 'kafese' dönmek istiyorum. Bunu daha da açarak anlatır mısınız?"

"Şehir insanları kafeste olduklarının farkında değil ki! Hayatları ev, ulaştırma araçları, ofis veya kapalı çalışma yerlerinde geçiyor. Yiyorlar, yatıyorlar, barınıyorlar ve giyiniyorlar. İmkânları varsa gidip kapalı yerlerde eğleniyorlar. İnsanın yaşam evresi doğmak, büyümek, yaşamak ve ölmektir. Şehir suni hayattır, gerçek yaşam topraktadır. Topraktan kopanlar şehirde mutluluk bulamaz. Şehirlerde hayal kurulamaz. Betonlar kimseyi doyurmayacaktır. Kanser vakaları ve türleri her geçen gün artıyor, ortalık obezden geçilmiyor, büyük kentlerdeki bir karışlık bahçeler doğa değil, göz süsüdür. Kim biliyorsa söylesin bakalım: Yedikleri veya içtiklerinin hangisinde kimyasal yok? Hastaneler niçin tıklım tıklım? Nedir bu ilaç tüketimindeki rekorlar? Toprak emek ve alın teri istediği için herkes kafese koşuyor. Sana soru: Peki, her geçen gün artan bu nüfusu besleyecek olan ürünleri kim üretecek? Yeterince ve sağlıklı olarak nasıl ve nerede üretecek? Mistik bir yönüm vardır, düşüncelere dalarım, doğa ile iç içe olmayı severim ve sıklıkla evren ile bir olduğumu hissederim. Güneşin, yağmurun, rüzgârın ve toprağın bütün gizemli özelliklerini öğrendim!"

Çağrı anlatılanları can kulağı ile dinliyordu. Bir ara not defterini çıkarıp not almayı düşündü, ama hem anlatım hızına ayak uyduramam hem de Asaf Bey yanlış anlayabilir veya onun anlatım hızını düşürmek zorunda kalırım diye vazgeçti...

Asaf Bey: "Kaç gündür doğa yaşamındasın?"

"Bu ikinci gün."

"Ne kadar kalmayı düşünüyorsun?"

"Bir sınır koymadım, soğuklar başlamadan dönebilirim."

"Yanına kimseyi almamışsın!"

"Yüz yüze kalabileceğim güçlükleri kendi becerimle halletmeyi daha uygun buldum."

"Akıllıca ve cesurca bir hareket. Bu mevsimde kuşların göçleri başladığı ve ilk öncülerin geçişleri olduğu için dolaşırken ruhsatlı veya kaçak avcılara rastlayabilirsin.

Köylüler zaten munis insanlardır, bir sıkıntın olursa yürekten karşılarlar. Bu mevsimde kurt olmaz; tilki, tavşan, keklik, ördek ve göçmen kuşların her türüne, her yerde rastlayabilirsin."

"Benim avlanmak gibi bir niyetim yok. Zaten yanımda bıçağımdan başka bir şeyim de yok."

"İnsanlar niye av etine ihtiyaç duyarlar ki?"

"Avlanmayı spor kabul ediyorlar."

"Spor centilmenliktir. İnsanların elinde beşli otomatik tüfek; karşılarındaki kuşsa, sadece kanadı, diğer hayvanların ise sadece ayakları var. Bu mu spor? Bu durumu tersine çeviriyorum: Avlanacak hayvanlarda beşli otomatik tüfek, insanlarda ise kanat ve ayaklar olsaydı, nasıl olurdu acaba?"

Çağrı gülmekten kendini alamadı ve:

"'İnsan hakları' çığlıklarıyla Birleşmiş Milletler'e kadar ne kadar kurum varsa, yandım Allah diye koşarlardı."

"Dünyada ismen tespit edilmiş olan 25 bin kuş türü, doğal yaşam alanları yok edildiği ve avlandıkları için sayıları bugün 12 bine düşmüştür. Sadece bununla da kalmıyor, kullandıkları kimyasallar nedeniyle Türkiye'de bazı bölgelerde kekliklerin kökü kurudu. Gene bazı yörelerde kullandıkları ilaçlar nedeniyle yılanlar yok edildiğinden oralardaki topraklarda fareler taht kurdu: Doğa ölçüdür, doğa tarafsızdır; doğa affetmez ve acımaz, hükmü sürdürecek ve öcünü alacaktır. Ölüm de bunlardan biridir..."

Asaf Bey kalktı, üç ayak üzerinde duran makaslı dürbünün yanındaki termosu aldı.

"Konuşmaya dalıp sana bir çay ikram etmeyi bile unuttuk," dedi.

İki plastik bardağa çay doldurup birini Çağrı'ya uzattı. Sonra, bir kâğıdın içersinde bulunan şekerleri uzattı.

Çağrı, "Sağ olun, ben şeker kullanmıyorum," dedi.

"Ben de kullanmıyorum da, yine de yanımda taşıyorum, ne bileyim, belki de birine rastlarım da o da şeker ister diye mi, neyin nesi, yanımda taşıyorum."

Güneş ufkun düz çizgisinden aşağıya doğru daha hızlı hareket etmeye başlamıştı. Kuzeyden hafif bir rüzgâr esmesine rağmen hava hâlâ sıcak sayılırdı. Keskin bir ot kokusu ortalığa yayıldı. Gövde renkleri artık zor seçilebilen irili ufaklı kuşlar telaşla sağa sola uçuşuyordu.

Asaf Bey:

"Seni bu gece evimde misafir etmek isterim, ama bunu kabul etmeyeceğini, hele daha iki gün araziye çıkmışken, bir çatı altına girmeyeceğini biliyorum."

"Teşekkür ederim. Ben gökyüzünün altında yatıp kalkmak, doğayı hissetmek ve yaşamak için bu faaliyete başladım. Hatta, geceyi bu ahlat ağacının altında geçirmeyi düşünüyorum. Bu saatten sonra yürüyüşe geçip konaklama yeri aramak anlamsız. Ayrıca burası çevreye hâkim bir nokta."

"Haklısın. Burası gece püfür püfür eser. Yanında kaç günlük erzakın var?"

"4-5 gün idare edebilirim. Sonra duruma göre bir köy bakkalından ihtiyaçlarımı alabilirim. Yollarda rastladığım meyvelerden de istifade ediyorum. İnşallah sahipleri haklarını helal ederler."

Asay Bey bu lafa kahkaha ile güldü.

"Onlar bilseler, memnun olup sevinirler; misafirperverlik buralarda henüz ölmedi. Bir kişinin yiyeceği meyveden ne olacak ki?"

"Siz onları yakından tanıyorsunuz tabii."

"Ben bu üç ayaklı sehpayı ve onun üzerindeki dürbünü boşu boşuna eve taşımayım, madem sen burada konaklıyorsun. Çünkü yarın gene buraya geleceğim. Belki merak ediyorsundur, ben üç gündür, iki kilometre ötedeki bir su birikintisinin kenarında bulunan mezgeldek ile tarla kazını izliyorum. Bu iki kuş türü bu bölgede sık rastlananlardan değil... Aklımdayken sana bir şey öğreteyim, sakına sakın, kuşların yemediği hiçbir bitkiyi yeme!.."

Asaf Bey şapkasını düzeltip, termosu omzuna astı, "Sana iyi doğa geceleri" diyerek yokuş aşağı inmeye başladı. Sonra birden dönüp bağırdı: "Ahlatın dibinde geceleyeceksin, unutma! Ahlatı başka sevenler de var! Endişe edecek bir şey yok, çünkü onlardan buralarda yaşayan yok." Arkasından uzun bir kahkaha attı...

Bir doğa akşamı yine başlıyordu. Arkadan, doğa tutsaklarının gecesi gelecekti. Çadırını kurmakta acele etmedi, konserve, peksimet ve elma yedi, tadını çok sevdiği ahlatlardan da yararlandı. Küçük bir ateş yakarak çay yaptı.

Gözleri uzaklardaki patikalara, sürülmüş tarlalara, otlaklara daldı. Kül rengine dönen gökyüzü elle tutulacakmış gibi yakın görünüyordu. Uçsuz bucaksız alanın ortasında kuşlardan biri, hafif rüzgâr yolunu kestiği için kanatlarını çırparak birkaç saniye olduğu yerde kaldı. Rüzgârın hızı arttıkça, gökyüzünün rengi menekşeye döndü ve uzaklarda bir yıldız parlamaya başlamıştı bile. Gittikçe artan alacakaranlık çok uzun sürmeden karanlığa gömüldü, her yer belirsiz şekillere büründü.

Dizinin üzerinde, günlüğüne kargacık burgacık yazılarla olup biteni not edip defteri çantasına koydu. Gökyüzüyle birlikte, ruh hali de sessizleşti, hüzünlü duygular ortaya çıktı. Asaf Bey'i ve anlattıklarını düşündü; aykırı, dürüst ve açıksözlü bir adamdı. Her şeyi iradeye bağlayan bir adamdı; ruhuna rehberlik yapan şey ise iradesiydi. Bütün sıradan heyecanlardan, atılımlardan ya da tepetaklak düşmelerden kaçınacak kadar tecrübeli ve olgundu. Mantıkla hiçbir ilgisi bulunmayan çok derin nedenlerle insanlar ya ilk bakışta anlaşır ya da hiç anlaşamazlardı. Asaf Bey'le her konuda anlaşabileceklerini sezmişti. Bütün düşüncelerini açabileceği böyle dürüst ve çıkarcı olmayan bir dostu ne kadar isterdi. Sözleri gerçekti, güçlüydü. Aradaki farkı da çok iyi görüyordu; kendisinin Asaf Bey'e ihtiyacı vardı, onun ise böyle bir ihtiyacı yoktu. Kavrayışı güçlü, gözlemci, deneyimli hayat insanı, doğa düşünürü, özgür ruhlu biriyle karşılaşmıştı. Karşısındaki işe yarayan insandı!..

Gri gökyüzü mavimsi bulutlarla kaplı, ayın etrafındaki bulutlar ise gümüş rengindeydi. Ay uzun kalmadı ve hayal meyal görünerek kayboldu. Uyuyabilmesi için hiçbir şey düşünmemesi gerekirdi. Kafasındakileri bir kenara bırakıp gecenin karanlığına odaklandı. Bir orman baykuşunun çok uzaklardan gelen sesinden başka esen rüzgâr ve böceklerin bitmeyen şarkısı sabaha kadar devam etti.

Aynı gece binlerce sulak alan kuşu; bıldırcın, yelve, kuğu, baştankara, pembe kaşıkçı, koca gagalı tiran, orman tavuğu, çekiç kafa, sarıasma, bağırtlak; zorlu ve yorucu, doğal davranış biçimi olarak yeryüzündeki ışıkları referans alarak güneye, sıcak coğrafyalara doğru uçuşlarını sürdürdüler...

3. Bölüm

Şafak sökmeden önce kalktı. Asaf Bey çok erken gelebilirdi. Doğanın çalgıcıları çoktan her telden çalmaya başlamışlardı. Çadırı topladı ve alelusul bir şeyler atıştırdı. Kırmızı pembe, sarımtırak ve gri renkleriyle, ufuk hattında, "Ben geliyorum," diyen güneşin sabırsızlığı vardı. İki ispinoz aynı anda ahlata geldi, daldan dala gıcırdanarak geçtiler, sonra geldikleri gibi gene beraberce uçup gittiler...

Çok geçmedi, Asaf Bey uzaktan göründü, tepeciği uzun adımlarla çıktı.

"Gece nasıl geçti Çağrı?"

"İyi sayılır, insan bir daldı mı, deliksiz uyuyor."

"Onu yapan, bol oksijen ve soluduğun havadaki mineraller."

"Doğa gezintini bitirdiğinde göreceksin ki, ciğerlerin çok daha iyi solunum yapar hale gelecek. Ölçemeyeceksin, ama hissedeceksin. Hatta, ciğerlerin gezinti bittiğinde üzülecekler!"

Asaf Bey yanında getirdiği torbayı Çağrı'ya uzattı.

"Bunun içinde haşlanmış yumurta, domates, biber, salatalık ve bir parça da peynir var. Meyve koymadım, hem lüzümsuz ağırlık olurdu hem de ortalık meyveden geçilmiyor, her yer hayrat zaten." Ha! Az daha unutuyordum, bir tane de saç ekmeği var. Ben zaten fırın ekmeği de yaparım; küçük bir fırınım var, ama birkaç gündür ona zamanım olmadı."

Çağrı teşekkür ederek, Asaf Bey'in getirdiği torbayı sırt çantasının yanına koydu.

Asaf Bey, üç ayak üzerindeki dürbünden izlediği kuşlara baktı ve döndü:

"Acaba, bu gece göç kafilelerine katılırlar mı diye düşünmüştüm. Hiç istiflerini bozmadan aynı yerlerde duruyorlar; insanların bir bölümü gibi bunlar da zora gelmiyorlar herhalde, tembel tembel oturuyorlar."

Termostan doldurduğu çayı Çağrı'ya uzatırken:

"Sen evde kendine çay yapıyor musun?"

"Hayır, hep annem yapar."

"Kültürel alışkanlık, desene! Hele bu anneler, oğullarına hiç kıymazlar, değil mi?"

"Biraz da kurulmuş bir düzen sayılır."

"Bu alışkanlıklar, bu düzen ve bu kalıplar yok mu, istemeden ve farkında olmadan insanları sınırların içine kapatıyor."

"Bu da 'kafese' dahil mi Asaf Bey?"

"Hem de nasıl! Kafeslik o kadar şey, hal, tavır, tutum ve davranış var ki, ne sen sor ne de ben söyleyeyim."

Asaf Bey sırtını ardıçın gövdesine dayayarak oturdu ve hasır şapkasını biraz geriye itti. Çağrı da karşısında oturuyor, acele etmeden çayını yudumluyordu.

"Demek, bugün üçüncü gündesin; pek yağmur görünmediği için şanslı sayılırsın. Eylül ayı yaz gibi geçebilir veya ekim kasım gibi yağışlı da olabilir."

"Kısmet artık."

"Yağmurlu havanın da tadı başkadır, ama çok yağarsa yürüyüşü zora sokar. Aklında olsun, sert bir yağmura yakalanırsan sık ormandan birinin içine gir, oralarda seni yağmurdan koruyacak sık bitki kümeleri vardır."

"Asaf Bey, sizi doğada yaşamaya iten, biraz da şehrin rutin, değişmez, klasik yapısı sanırım. O yaşam sizi tatmin etmemiş anladığım kadarıyla."

"Sade bu değil, çok sebep var! Kentlerde insanlar, 'Ne derler, ne düşünürler' kaygısıyla yaşıyor. Yaşam tarzı ve bürokratik sistemin sersemleştirdiği ortamda; hakkını arama ve kendini savunma yeteneğinden, bilincinden yoksunlar. Hayatlarında büyük bir değişim yapabilecek, çığır açabilecek imkâna sahip değiller. Denizin karşısındaki cılız derelerden farksızlar."

Çağrı gülümseyerek:

"Gene kafes, değil mi?"

"Fark edinceye kadar, evet."

"Büyük bir kısmı zorunlu olarak, geçim kaynağı büyük

şehirlerde olduğu için, fark etseler de bir şey yapamazlar ve ellerinden bir şey gelmez."

"Bu dediğin yalın şekliyle bakıldığında doğru, ama biraz irdelersen altından tembellik çıkar. Adamın atalarından kalma üç yüz dönüm arazisi var, onu bırakıyor ve büyük şehirde bir apartmanda kapıcılık yapıyor. Sor kendisine, tarım maliyetlerinin yüksekliğinden kazanamadığını söyleyecektir. Bu dediği doğru, ama niye buna boyun eğiyor, neden bunun düzelmesi için hep beraber haklarını aramıyorlar?"

"Organizasyon ve kooperatifler oluşturamamaları da işlerinin iyi gitmemesine, toprağı terk etmelerine sebep oluyor herhalde."

"Doğru, ama hayatın her alanında olduğu gibi işler iyi gitmeyince, bahane ve mazeret tükenmez; herkes sebep bulmakta yaratıcı olur, kooperatif güç demek, ama bir türlü olmuyor. Köylerden kente göç mutlaka önlenmeli. Toprağı terk edip kentleri doldurdular. Üretme, kazanmasının tek yoludur. Ter ve emeğin parasal karşılığı olamaz. Bir ülke tarım ve hayvancılıkta, başkalarına muhtaç olmadan kendi ulusunu besleyemezse, o ülkenin geleceği olmayacaktır. Üstelik dünya gittikçe ısınıyor, iklim değişiklikleri kapıda. Şu ilkbahar, yaz, sonbahar, kış mevsimleri var ya, bunlar ikiye düşecek. Sonuç: Çok sıcaklar ve çok soğuklar yaşayacak dünya, her ülke de coğrafi konumuna göre bu ikisinden nasibini alacak."

"Esas sıkıntının temeli ne?"

"Bunlar çok! Toplumdaki ikiyüzlülükler, dalkavukluklar,

okuma düşmanlığı, kolaylıkla etki altında kalan gelişmemiş kişilikler, kendisini toplumsal dalgalanmaların kucağına bırakmış sıradan insanlar! Say sayabileceğin kadar..."

"İnsan alışamıyor değil mi?"

"Alışıyor, alışıyor; insan kedere de zevke alıştığı gibi çabuk alışıyor."

"İnsanlar, gruplandırılabilir mi sizce?"

"Ben sınıflandırıyorum. Sıradan olanlar, sıradan olmayanlar; Çernişevski'nin dediği gibi: 'İnsanı çileden çıkaracak kadar ahmak ve bönler var.' Geleceği düşünmeye alışkın değiller; felsefe, hayal kurma ve coşku doğasında yok."

"Dünyanın büyük düşünürlerinin bazı eserlerini okumuştum. O kitaplarda da tema, hemen hemen sizin sözlerinize çıkıyor."

"Akıl yolu birdir. Madem konu dünya klasiklerine geldi, Anton Çehov, bunu en iyi *Bukalemun* ismindeki eserinde anlatıyor: 'Şu yaşama bakın. Güçlülerin çıkarcılığı ve küstahlığı, zayıfların cahilliği ve hayvansallığı, her yerde tanımlanması olanaksız bir yoksulluk, yozlaşma, ayyaşlık, ikiyüzlülük, yalan. Beş para etmez bir toplumsal mevki için her şeye katlanmak. Hayır, daha fazla böyle yaşanmaz. Eğer yaşamda bir anlam ve amaç varsa, bu anlam ve amaç kişisel mutlulukta değil, çok daha anlamlı büyük bir şeydedir.' Demek ki bu gökkubbenin altında söylenmemiş söz, yazılmamış yazı yok."

"Eserdeki bir bölümü şiir gibi ezberlemişsiniz, tebrikler Asaf Bey."

"Zor bir şey değil ki bu! Dışarıdan beynine gelen ahmakça şeyleri reddeder, sapı samanı içine sokmaz da, beyin denilen makineyi berrak, yalın, dupduru tutarsan, makine de işin kıymetlisini tutar ve muhafaza eder. Öyle değil mi meslektaşım?"

"Yerden göğe haklısınız, ama kaç insan bunu yapabilir ki?"

"Neden yapamıyorlar biliyor musun? 'İstekli düşünceye' sahip değiller. Düşünce, maddi bir organizma olan beynin yerine getirdiği bir işlevdir. İstek, şarttır... İstek olmadan hiçbir şey gerçekleşmez. Sahibi istemediği için de, beyin tarım yapılmayan bir tarla gibi durmaya devam eder; ayrık otları, dikenli çalılar, bücür bitkiler halinde geçer."

"Sizi dinleyen biri, 'Hayali romantik,' diyebilir."

"Romantik mi, melankolik mi? Romantikten zarar gelmez, o bulutların rüzgâra tabi olması gibi yaşar. Ama sonunda bulut, su buharı olduğunda yağmura dönüşür; o zaman romantik ayılmış olur. Melankoli, hayallerde ve düşüncelerde hüzünlü olmaktır; hüzün uyarıcı ve yaratıcıdır. Konunun benimle ilgisi yok; dünyada gelmiş geçmiş, tarihlere adlarını yazdırmış, önderliğini kanıtlamış kim varsa, hepsi melankoliktir. Küçük bir araştırma sonunda bile, bunun böyle olduğu hemen görülecektir."

"Topraklarından kopup kentlere yığılanların durumu pek iç açıcı sayılmaz."

"Taşralı büyük kentte yenilir, bozguna uğrar. Ne kadar çabalarsa çabalasın, yenilgiyi de yanılgıyı da kabullenmek zorunda kalırlar. Bu kişiler ezik olur ve yaşam koşulları onları bozar."

"Şehirlerde yaşayanlara kuş bakışı baktığınızda ne görüyorsunuz?"

"Borçlanarak köleleşen insanlardan oluşan büyük bir köle yığını!"

Çağrı gözünün önüne yıldırım hızıyla arkadaşları, eşi dostu ve tanıdığı aileler geldi. Gerçekten doğru söylüyordu Asaf Bey; borçsuz, tanıdığı tek kişi yoktu...

Asaf Bey devam ediyordu:

"Şehirlerde 'düzmece' bir bilinç var. Şehir, karşıtlar ve hasımlarla dolu. Sıcak ve soğuk, yaş ve kuru, hafif ve ağır, karanlık ve aydınlık gibi... Maddi üretim araçlarını elinde tutanlar aynı zamanda zihinsel üretim araçlarının da denetimini elinde tutuyor. Bu da zihinsel gelişme sürecini engelliyor. Şehirlerde "ay gibi", "taş gibi" denilebilecek bir şey yok.

"Bütün bunları, hiç böyle düşünmemiştim."

"Kabahatin bir bölümü insanlarda, bir bölümü değil... Okullar çocuğa bilgi veren değil, yaşamda davranış yolunu gösteren, bu amaç için de düşünme alışkanlığı veren bir yer olmalıdır. Eğitimin yolu, özgür yurttaşlığa doğru olmalıdır. Çocuğun eğitiminde kitap bilgisi değil, kişiliğindeki gelişim gözlenmelidir. Kişiliğin temeli, yaşamın zenginliğini durmaksızın artırmaktır. Yaşamı zenginleştirecek kıymetli kitaplar okunmalıdır."

"Sistem de işleri berbat edebiliyor."

"Çömlekçi çarkıyla olmaz! Doğa öz, sistem biçimdir. Doğa erdem, sistem tezgâhtır!"

Asaf Bey ayağa kalkıp dürbüne gitti. Birkaç dakika sonra geri geldi:

"Bu keratalarda hiç kıpırdama yok, mevsimi olsa neredeyse oraya yumurtlayacaklar. İşte, bunlar da kendi türünün tembelleri," dedi.

Çepeçevre ahlat ağacının etrafında iki kere tur attı. Gözleri sürekli ağacın dallarını taradı, şapkasını yere koydu ve:

"Bu ağaç, sıkıntıda ve üzgün, biliyor musun?"

"Neden üzgün, dallarını kıran yok, kesen yok!"

"Mesele o değil! Bak, bütün meyveleri olgunlaşmış, en koyu kahverengiyi almış. Olgunlaşmamış meyveler önce yeşil, sonra sarı olur. Ağaçta bir tane bile yeşil ve sarı meyve yok. Ağaç şu anda sancı çekiyor! Artık olgunlaşmış meyvelerden ayrılıp, onların ağırlığından kurtulmak istiyor, böylece bedeni hafifleyecek ve rahatlayacak."

Bu açıklamaya Çağrı'nın ağzı açık kaldı. Söylenenler çok akıllıca ve mantıklıydı. O böyle düşünürken Asaf Bey, çıplak gövdeye en yakın kalın dala sıçradı ve ayaklarını gövdede yürüterek bir hamlede ağacın çotağına yerleşti. Sonra da her bir dala ayaklarıyla vurarak, dallarda ne kadar ahlat varsa sapır sapır yere dökülmelerini sağladı. Bu ameliye yarım saat kadar sürdü. Ağacın altından önce kaçmayan Çağrı, dolu yağarcasına başına düşen ahlatlardan kurtulmak için dalların kapsadığı alanın dışına çıktı. Ağacın dibi hasır sermiş gibi ahlat meyveleriyle doldu...

Asaf Bey yere atladı. Ter içindeydi, ama faydalı iş yapan bir insanın mutluluğu vardı yüzünde. Asaf Bey yeniden ahlatın etrafını, yere düşen meyveleri ezmemeye özen göstererek dolaştı.

"Biraz dal uçlarında kalmış, ama olsun, onlar da kuşların payına düşen," dedi.

Sonra ikisi birden, küçük poşetler kullanarak dağ armudunu ağacın dibinde bir bölgeye toplayıp öbek yaptılar. Orta büyüklükte bir çuvalı dolduracak kadar armut toplanmıştı.

"Çağrı, sen taşıyabileceğin kadarını al, ben gelip gittikçe, bunları eve taşır, yakın köydeki çocuklara dağıtırım. Nedendir bilinmez; çocuklar ahlatı, normal armuttan daha fazla seviyorlar" dedi Asaf Bey.

Birer bardak daha çay içerlerken Çağrı:

"Bir hobiniz de kuş gözlemciliği, sanırım!"

"Başlangıçta amatördüm, ama zamanla uzmanlaştım."

"Zaman alıcı bir şey olmalı!"

"Kitaplardan bir yere kadar; doğanın içerisinde, özellikle de bulunduğumuz bölge itibariyle zengin bir coğrafyada olunca, bir de meraklıysan daha çabuk öğreniyorsun."

"Her şeyin başında olduğu gibi, bu konuda da istek lazım herhalde."

"Kesinlikle öyle, istek şart ama yetenek de gerekli. Bir işin sonucunu almak için istek ve yetenek, ikiz kardeş gibidir."

"Nereden başlamak gerekiyor?"

"Sadece kitaplarla olmuyor, ama başlangıç kitaplardan olmalı; renkleri, büyüklükleri, ötüşleri hakkında bilginiz olmalı ki, kuşu gözle veya dürbünle gördüğünüzde tanıyabilesiniz."

"İlk adım kitap demek?"

"Doğada doğup büyümüş, köy çocukları hariç. Fakat onlar da, ancak yaşadığı yöre ve civarındaki kuşları tanıyabilirler."

"Genel tanımı nasıl yapabilirsiniz?"

"Kuşlarla mı ilgili?"

"Evet."

"Kolay: Nereye konmalıyım? Nereden gelip nereye gidiyorum? Kovalayan biri var mı? Çaresizlik!"

"Müthiş bir tanım oldu Asaf Bey."

"Bu tanımlama, tek tek irdelendiğinde insan yaşamı için de geçerlidir, değil mi?"

Çağrı beklemediği bu soru karşısında da afalladı. Sözleri aklından geçirince:

"Haklısınız, hepsinin insan yaşamında da bir karşılığı var," dedi.

"Genel sınıflandırmada kuşları; şehir, kır ve orman kuşları; yerel ve göçmen kuşlar; et ve tane yiyenler, gece ve gündüz yırtıcıları, kara ve sulak alan kuşları diye gruplandırabilirsiniz."

"Küçük ve bitkilerden beslenenler, yırtıcıların avı olmaktan kendilerini kurtaramıyorlar!"

"İnsan dahil, tüm yaşamlar savaşın ta kendisidir."

"Gücü gücüne yetene kuralının işlediği ayan beyan ortada."

"Doğa kendi kuralları içinde iken aynı zamanda da bir düzen içindedir. Her şeyde denge ve ölçü vardır."

"Ne kadar iyi, ne kadar kötü, acaba?"

"Yaban hayatta kötü yan yoktur. Doğa kötüye yer vermez."

"Anlaşılıyor ki yaşam, her alanda ve cins de av ve avcılardan oluşuyor."

"Dediğin yanlış sayılmaz. Yalnız, bir yırtıcının yakaladığı av büyük ihtimalle tam sağlıklı değildir ve kendini yeterince koruyamadığı için yakalanmıştır. Böylece sağlıklı olanlar hayatta kalır, sağlıksızlar elenir. Çünkü yırtıcılar, doğada yaşama şansı çok olmayanları öncelikle avlarlar."

"Hangi canlı türünde olursa olsun, küçük ve zayıfların yaşamı zor desenize."

"Hiç savunma ve korunma mekanizmaları yok denilemez; fizik yapıları, görme ve duyma hassaları, uyarı ötüşleriyle azami tedbirlidirler; içgüdüleri tehlikelere karşı binlerce yıl içinde çok gelişmiştir."

"Zekâ ve kurnazlık da var mı?"

"Kuşlarda zekânın yerine sezgi ve içgüdü vardır. Kuşlar, kurnazlık bilmez. Kurnazlık, insanlara özgüdür. Kurnazlığın zekâ ile ilgisi yoktur. Kurnazlık, çıkar için geliştirilmiş ilkel bir düşüncedir."

"Çıkar meselesi!"

"Her bilinçli insan davranışının nedeni ve doğrudan doğruya amacı, birini elde etmek öbüründen kaçınma isteği içinde, haz ve acıdır."

"Özgürlük?"

"Bireyler, yaşamları karmaşık ve düzensiz olduğundan özgür değillerdir. Yasal çerçeveyle özgürlük olmaz.

Kendilerini gelişmiş aklın buyruğuna göre yönetebilenler özgürdür. İnsanların sorunu, daha çok özgürlük sorunudur. Ama özgürlük, sonu gelmeyen bir çaba karşılığında elde edilir."

"Özgürlük, 'istekli düşünce' gerektiriyor o zaman."

"Çok doğru."

"Yaşamın bütünü dertli görünüyor... Kafes de özgür değil, ama güvendesin. Özgürsün ama yırtıcılar peşinde, kaçacak yer yok gibi."

"Var! Cesaret, zekâ, sezgi ve özgüven sahibi olursan; hem özgür hem de güvende olursun."

"Bu insanların elinde mi?"

"Kişiliğimiz, çok küçük yaşlarda savunma amacı ile oluşmaktadır. Uzun yıllar bu kişilik özelliği ile yaşıyoruz. Herkesin sorunu aynı, doğamıza yabancılaşmış olmak."

"Neresinden bakarsan bak, mücadele, mücadele; mücadeleyle karşılaşıyorsun."

"İnsan doğasında belli başlı üç savaşma nedeni vardır: 'üstünlük yarışı', 'kuşkulanma', 'övünme'. Birincisi 'kazanç', ikincisi 'güvenlik', üçüncüsü de 'şan ve şeref' uğruna savaşmaya zorlar insanları... Aslında, her günün dertleri de mutlulukları da kendine yetmektedir, ama yetinmezler!"

"Savaşmak için de zekâ lazım."

Asaf Bey güldü.

"Savaşmak için zekâ şart, ama savaşı kazanmak için deha ve malzeme lazım."

"Siz anlattıkça içimden hep, 'Yaşasın tabiat' demek geliyor."

"İnsan tabiatı; düşünme, hissetme ve içgüdüdür. Gerçek doğamızda yaşarken tam bir doğruluk içinde konuşur ve davranırız, yani otantik halde oluruz. Bu olmaz, nedeni ise; başkalarının minnet ve sevgisine ihtiyaç duyarlar, iç ve dış düşünce ve duygulara bağlanırlar. Böyle olunca da gerçek doğalarını yaşayamazlar. Dünyada bir felsefe var: 'Var ol, ama onunla olma'; bu, canlı veya cansız bir nesneye bağlanmanın, insanı kendi doğasından koparacağını, başka bir kişiliğe bürüneceğini ve kendinden vazgeçeceğini anlatmaktadır. Sonunda getireceği ise, acıdır. Bu felsefenin kurucuları, o nedenle bağlananları, 'yuvarlak aptal', 'kare aptal', 'umutsuz aptal' ve 'kıvranan aptal' olarak sınıflandırırlar."

"Çok ilginç!"

"Felsefeyi bir kenara bırak; sen, çocukluğundan beri sahiplenircesine bağlandığın bir şey elinden alındığında, senden uzaklaştırıldığında acı hissetmedin mi?"

"Aynen dediğiniz gibi oldu, hem de kaç defa."

"İşte bahsedilen bu; sev, say, kıymet ver, ama derinin bedeni sardığı gibi sarılıp yapışmaz."

Güneş, hiç acelesi olmaksızın en tepe noktaya tırmanmayı sürdürüyordu. Yaprak kıpırdamıyor, nemli ve buğulu hava insanı otururken bile terletiyordu.

Asaf Bey dürbünün yanına giderek izlediği kuşlara baktı, dönünce, "Bunaltıcı bir hava, bunun arkası yağmurdur," dedi.

"İnşallah, birkaç gün sürekli yağmaz."

"Sanmıyorum, birkaç gün sürsün; hafif veya sağanak halinde olabilir, ama günlerce sürmez."

"Ne şekilde yağarsa yağsın, ben dolaşmamı sürdüreceğim," dedi Çağrı.

"Her işte azim, azim, azim... Azmin elinden hiçbir şey kurtulamaz... Bir şeyler yemek ister misin?"

"Hayır, daha öğlen bile olmadı. Siz isterseniz yiyebilirsiniz."

"Ben öğlenleri yemek yemem. Sabah bir, akşam iki; başka yok."

"Alışmışsınız herhalde."

"Evet... Beden iki şey ister; çok hareket, çok su... Bu, hiçbir şey yemeyeceksin anlamına gelmez, ama tıka basa mideyi dolduracaksın demek de değildir. İnsanların yemek düşkünlüğü bedenleri istediğinden değil, damaklarının kölesi olmaktan geliyor."

"Haklısınız, ben bunun farkındayım."

"Fiziğinden belli oluyor, ama devam ettirmelisin. Sana kıymetli bir öğüt vereyim mi?"

"Anlattıklarınızın hepsi kıymetli zaten Asaf Bey."

"Bu, en özel: İnsanların bedeni gevşeyince zihni; zihni gevşeyince de bedeni gevşer. Her ikisi de gevşeyince çenelerine vurur, konuşmaya doymaz olurlar ve bu konuşmalar boştur, sığdır, saptan samandandır."

"Çok güzel, hepsi unutulmazdı, ama bunu hiç unutmayacağım."

"Bedenini tanımayan ve ona yabancılaşmış kişiye dışarıdan kimse yardım edemez. Bu kişi bunalımdadır. Doğadan kopmuş, makineleşmiştir. Gazetelerde her gün boy boy, onu yeme, bunu ye; şunlarda vitamin yüksektir;

diyet şöyle yapılır, böyle yapılır; TV'lerdeki yeme/yememe programları, hepsi boş ve ticari amaçlıdır. Ama onlara bu fırsatı ve ticari alanı sağlayan gene insanların gözü doymaz oluşları ve oburluğudur. Bütün bunlara ne gerek var! Formül basit ve nettir: Bir fakir kadar yiyecek ve yemekten doymamış olarak kalkacaksın. Bak, görüyorsun ki iş gene dönüp dolaşıp iradeye geliyor. Türkiye'nin herhangi bir şehrinde, kasabasında, köyünde; 1930-1940'lı yıllarda, bireysel, grup halinde, büyük topluluklarda çekilmiş fotoğraflara bir bakın; kilolu ve şişman ne bir kadın ne bir erkek ne de bir tek çocuk görebilirsiniz. Neden mi? Çünkü koşullar onları az yemeye zorluyordu ve imkânları kıttı. Denilebilir ki şimdi olanaklar yüksek, o nedenle çok yiyoruz. Sen bilirsin! Getirdiği dertler ve hastalıklarla da yaşayıp gidersin... İnsanı iki şey öldürür; biri çok yemek, diğeri de silah. Aradaki fark ise; biri biraz geç, diğeri hemen..."

"Asaf Bey, ben sizi burada meşgul etmiyorum değil mi?"

"Ne münasebet. Kuş gözlemini bugün bitireceğim. Bağda yapmam gereken işlerim var. Köpek de iki üç gündür nöbet beklemekten sıkıldı; bu sabah gelirken kendince sitem etti bana kerata, garip garip, tuhaf tuhaf havladı, neredeyse ağlayacaktı. Sanırım sen bir gece daha burada kalmazsın!"

"Yürüyüşe geçerek daha ileri bölgelere gitmeyi düşünüyorum. Ne kadar dolaşırsam, o kadar gözlemim ve tecrübem artacaktır."

"Kesin doğru."

"Asaf Bey, doğa ve insan bilgileri yanında, başka hangi hususlarda özenli ve titizsiniz?"

"Yaşamda birçok başarı elde etmeme rağmen, hâlâ kendimle ilgili kuşkularım var. Sevgi varsa, koşulsuz olmalı... Sahici davranan kişileri ararım. İyi ve kötü sezgilerimi izlerim. Çoğu insandan daha az fiziksel rahatlık ararım. Bir kitapla baş başa kalmaktan mutlu olurum. Uygunsuz davranışlara karşı pek sabrım yoktur. Teslim olmuş kadercilerden hoşlanmam, zihin yaşamının en heyecanlı yaşam şekli olduğundan eminim. Aşırılık başarı getirir, biliyorum. Zayıf ve kararsız insanlara deli oluyorum. Tehlike ve maceranın heyecanını severim. Bir kere söyleyeceğimi söyledikten sonra benim için iş bitmiştir."

"Anladım..."

"Her şey, ama her şey doğada var... Doğa güçlülükten ziyade, çok iyi görmeyi ve çok iyi çevikliği gerektiriyor. Doğa denilince insanların aklına hemen hayvanlar, ağaçlar, yeryüzü şekilleri geliyor ve kendilerini doğadan ayırıyor ve soyutlayarak düşünüyorlar. Bu, yanlışlıkların en büyüğü. Böyle bir düşüncenin kendilerinin başına iş açacağını, bunun bedelini ödediklerinin farkında bile değiller. Kendine yatak açarak ilerleyen ırmak ne denli bilinçliyse, bir hayvan da yaptığı işin o ölçüde bilincindedir. Arı petekleri, kuş yuvaları, örümcek ağları, kırlangıç yuvaları, kalıtım yoluyla aktarılan içgüdüsel uyarlama biçimleridir..."

"Şehir ve kırsalda yaşayanları aynı derecede etkileyen, müşterek sayılabilecek etkenler yok mu?"

"Var tabii... Ancak, şehirde yaşayanların kaçınılmaz

durumları onları, kırsaldakilere karşı daha zayıf kılıyor ve yakalanmalarını sağlıyor. Bu konuyu en iyi Arthur Schopenhauer'in şu sözleri açıklar:

'Görüş, etki ve temas alanınız ne kadar darsa, o kadar mutlu olursunuz. Bunlar ne kadar genişse, o kadar ıstırap çeker, ürkersiniz. Çünkü bu alanda kaygılar, arzu ve korkular çoğalır ve büyür...

Kıskançlık, mutluluğun düşmanıdır; onun boğulması lazımdır. Sahip olduklarınızı karşılaştırmamalısınız. Başka birinin sizden şanslı olduğunu tasarlarsanız mutlu olamazsınız.'

Görüş, etki ve temas alanı kırsalda dar, kentlerde geniştir. O nedenle doğada yaşayanlar daha mutlu ve sade bir hayat sürerler. Şehirlerde karşılaştırmalar her yönden çoktur, o da mutsuzluk sebebi olmaktadır.

Sokrates şehirde gezerken, satışa sunulmuş lüks malları görünce, 'İhtiyacım olmayan ne kadar çok şey varmış,' demiştir... Herkes Sokrates olamaz, ama kolayca mutsuz olabilir..."

"Çok çarpıcı bir örnek verdiniz."

"Doğada, yeryüzü ve gökyüzünün her etkinliği insana doğanın bir parçası olduğunu sürekli hatırlatır ve en çarpıcı şeyi onun yüzüne haykırır."

"Nedir o?"

"'Sen doğduğun andan itibaren ileriye değil, sona doğru gidiyorsun!'"

"Harika!"

"İnsanların içlerinin boşluğu, bilinçlerinin sönüklüğü, ruhlarının yoksulluğu onları cemiyetlere sürükler, oyunlara bağlar, eğlencelerin dozunu kaçırmaya zorlar. Sessiz ve dingin olamazlar... İç boşluk, acı çekmemek ve can sıkıntısından kurtulmak için; onları bir yere dahil olmaya, kendilerine uydurdukları gerekçelerle de sıradan işlerin peşinde koşmaya mecbur eder. Bütün benzer faaliyetler, iç boşluktan kaynaklanan arayışlardır."

"Kafes konusu her açıklamanızdan sonra, gittikçe daha da netleşiyor zihnimde."

"Ahmaklık, kendinden bıkkınlık hastalığıdır. Doğal hayatta yapılması ve yaşanması gereken o kadar çok tabii şeyler olduğundan, insan kendinden bıkmaz... İnsan kendinde ne kadar çok şeye sahipse, dışarıdan o kadar az şeye ihtiyaç duyar."

"Hareket, insanı daha çok içsel değerlere dönmeye zorluyor diyebilir miyiz?"

"Yanlış sayılmaz... Hayat hareketten ibarettir. Hayatın içeriği harekettir; özü de harekettir. Bir hareket ne kadar hızlıysa o kadar harekettir."

"Zamanın nasıl kullanılacağı da başlı başına bir konu olarak insanların karşısına çıkınca, başka bir sıkıntı daha ortaya geliyor."

"İnsanları dışsal, ruhsal ve bedensel değerlerin; öncelik ve kaçınılmazlıklarını düzenleyip yerli yerine koyamamasında, endişe veren tek şey, zamanı nasıl kullanacağını bilememesidir. Sıradan insanlar yalnızca zamanı geçirme derdindedir. Serbest zaman cahillerin can sıkıntısıdır. Düşüncenin iflasının duyurusudur. Becerisi olan, zamandan faydalanmayı ister."

"'En zararlı hırsız, sizin zamanınızı çalandır' diye özlü bir söz hatırlıyorum."

"Yeryüzünde bugüne kadar söylenmiş en değerli sözlerin başında gelir bence..."

Devam etti ve yüksek sesle:

"Yeter ki zamanım olsun; yalnız zamanım olsun yeter ki. Sonu gelmeyen şikâyetim, zaman!.. Zaman! Zaman! Zamandı!" dedi.

Güneş tepedeki yerini almıştı. Güneşin konumu, arazinin üzerinde bulunan ne varsa hepsinin gölgesini, renklerinin fonlarını da değiştirmişti. Esintisiz, bunaltıcı bir hava vardı. Kuşlar bile suspus olmuşlardı.

Asaf Bey, pantolon cebinden, griye çalan renkte iki küçük meyve çıkarttı ve birini Çağrı'ya uzattı.

"Bu ne, biliyor musun?"

"Hayır, ilk defa görüyorum."

"Yerelması bunlar, bak bakalım tadını beğenecek misin?"

Çağrı ısırdı ve çiğnedi, ekşiye yakın mayhoş bir tat aldı.

"Değişik bir tadı var," dedi.

"Ufak olduğuna bakma, çok yararlı bir meyvedir. Ben bundan da yetiştiriyorum."

"Çarşıda pazarda bulunur mu?"

"Zannetmem. Bizim insanlar bilmezler, pek üretilmiyor da. İlaç sanayinin kıymetli ürünlerinden biridir."

"Siz ne yapıyorsunuz?"

"Ben de eş dost için az bir miktarda yetiştiriyorum."

Asaf Bey dürbünün üç ayağını katladı, üç ayak ve üstündeki dürbünü ayrı ayrı kılıflarına soktuktan sonra:

"Çağrı, ben bahçeme dönüyorum. Senin de artık yürüyüşe geçme zamanının geldiğini biliyorum. Çantana ahlat al ve gidiş yönünü belirle. Bu bunaltıcı havanın arkası mutlaka yağmurdur, hazırlıklı ol," dedi.

"Asaf Bey, sizin gibi birine rastlamış olmak benim için büyük bir şans. O kadar çok şeyi kısa zamanda öğrendim ve düşünmek zorunda kaldım. Çok teşekkür ederim, sağ olun, var olun."

"Teşekküre değer bir şey yapmadım. Beni sevindiren şey, senin yaşında birinin yollara düşüp doğal yaşamı tecrübeye kalkışmasıdır. Bu çok, çok önemli bir harekettir. Dilerim, bir gün herkes senin yaptığını yapar. Seni tebrik ederim."

"Sizi unutamam."

"Büyük konuşma! Seneler sonra yüzümü bile hatırlamayacaksın!"

4. Bölüm

Asaf Bey'in yanından ayrılalı üç saate yakın olmuştu. Güneş inişe geçerken, gökyüzü bulandı ve kuzey yönünden gelen koyu bulutlar, güneşi kararttı. Önce, yavaş yavaş başlayan karayel gittikçe sertleşti.

Söğüt ve kavak koruları arasında, çayırların ortasında azalmış suyuna rağmen kıvrıla kıvrıla akan derenin en üst başına geldiğinde, hafif başlayan yağmur kısa bir sürede sağanak halini aldı.

Şakır şakır yağan yağmurun altında, hiçbir şeye aldırmadan, sırılsıklam ıslandığı halde, keyfine diyecek yoktu; kapşonunu bile başına geçirmedi. Bedenine bir güç ve ferahlık geldiğini hissetti. Bu yağmur, zihnini de gövdesini de rahatlaştırmıştı. Zamanla gök gürlemesi arttı, birkaç kez ortalığı bembeyaz ışığa çeviren şimşekler çaktı ve büyük bir gürültüyle biri çok uzaklara diğeri de daha yakınlarda olmak üzere iki yıldırım düştü.

Böyle durumlarda toprağın üzerinde tek başına duran ağaçların altının tehlikeli olduğunu bildiği için, saklanmak yerine yürümeyi seçti. Aniden gök gürültüsü kesildi, sanki her şey donmuş gibiyken birden dolu yağmaya başladı. Taneler o kadar iri ve yoğun düşüyordu ki, kendini en yakındaki çalı grubunun içine attı, omuz kayışlarını gevşetip başını çantasının altına soktu. Dolu ancak on dakika sürdü. Gökten cam parçaları gibi düşen dolu taneleri ortalığı beyaz misketlerle örttü. Dolu dinince, bir mezar sessizliği ortalığı kapladı. Doluyu getiren bulut geçtikten sonra ince, sessiz bir yağmur yağmaya başladı...

Sanki olup bitene kızmış gibi, karayel bu kez büyük bir hışımla geldi, tepede ne kadar bulut varsa hepsini bölgeden kovaladı. Ufuk hattına oldukça yaklaşan güneş yeniden bütün parlaklığıyla ortaya çıktı ve bulutsuz gökyüzünün açık mavi rengi göründü.

Gece konaklayacağı bölgeyi gözüne kestirmişti. Hava açınca bir saat daha yürüdü. Montu, pantolonu ve çantası yürüdükçe kuruyordu. Yanlarından geçtiği; buğdayı, arpası, çavdarı hasat edilmiş anızlar ile sürülü tarlalardan insanın genizini yakan toprak kokusu yayılıyordu. Yağmur ve dolu yağarken suspus olan her çeşit kuş ve böcek, gökyüzü parıldayıp güneş ışıkları yanınca, bu kez, eskisinden daha da mutlu ötüşlerine bıraktıkları yerden başladılar.

Nereden başlayıp nerede bittiği görülemeyen; karaçam, kızılçam, sarıçam, köknar, ardıç, at kestanesinden oluşan ormanın birkaç yüz metre önünde bulunan ve yirmi otuz ağacı geçmeyen küçük korunun önünde durdu. Burası gece kalması için uygun bir yerdi. Ağaçların altı da yağan yağmurlar nedeniyle, açık alanlar kadar olmasa da ıslaktı. Sırt çantasından çıkardığı çadırı yere serdi. Montu da, pantolonu da, botu da ıslaktı. Tek çare, onları kurutacak kadar bir ateş yakmaktı.

Bulunduğu koruda çalı çırpı görünmüyordu, ormana girdi ve büyük çalı gruplarının altındaki kuru dalları toplamaya başladı. Bunların da bir kısmı ıslaktı ve tutuşturulmaları uzun zaman alacaktı, kibrit ve çakmakla olacak iş değildi. Düşündü ve buldu! Çıra lazımdı, bu orman baştan aşağı çıranın hazinesi, yani çam ağaçlarıyla doluydu. Damarlı, kalın kabuklu, geniş kuturlu bir çam buldu. Bıçağı ile yerden çok yüksek olmayan bir kesimden, çamın kabuğunu parçalamadan, dikdörtgen yer açarak, ortaya çıkan sakızlı açık sarı ve pembemsi bölgeden küçük kıymıklar şeklinde sekiz on adet çıra elde eti. Ağacın gövdesinden çıkardığı, koyu kahverengi kabuğun iç kısmını çamurla kapladıktan sonra, kesilen yere yapıştırdı. Çamur hem yapıştırıcı hem de ilaçtı. Belli bir süre sonra ağacın yarası kapanacaktı. Yapıştırdığı kabuğun üzerine elleriyle baskı uygulayarak iyice sıkışmasını sağladı. Çıraları pantolon cebine soktu, çalıları kucaklayıp korudaki malzemelerinin yanına geldi...

Çırayla da olsa, tutuşma epey zaman aldı. Sonunda çalılar çatırdadı ve alevler yükseldi. Islanan giysilerinin ateşin etrafına dizilerek kurutulması gerektiğinden değnek gibi bir şeyler gerekiyordu, korudaki çamların alt dallarından birkaç tanesini keserek, çamaşırların üzerine takılacağı sopalar haline getirdi. Ateş, yarım saat sonra kor ve kömüre dönüşürken, iki yumurta pişirdi ve çay yaptı. Biraz meyve yedi...

Güneş arkasında kızıl bir tan bırakarak kayboldu; alacakaranlığın alacası başladı. Güncesini çıkarıp bu geçen üç günde ne olup bittiğini ilk kez uzun uzun yazdı. Aslında üç gün çok fazla bir zaman değildi, ama yaşadıkları ve öğrendikleri uzundu! Niye Asaf Bey, "Seneler sonra yüzümü bile hatırlamayacaksın," demişti. Asaf Bey gibi bir adam, böyle bir sözü laf olsun diye söylemezdi. Düşündü, taşındı ve onun: "Gelecek yaşamda o kadar çok şeyle karşılaşacaksın ki, zihnin bugünü ikinci plana atacak ve süsleyerek hatırlamayı zorlaştıracak," demek istedi herhalde, diye yorumladı.

Karanlığın bastırmasıyla havayı çam ve reçine kokusu sardı. Hafif esen rüzgâr da bu kokunun keskinleşmesine yardımcı oldu. Öğleden sonra hiç mola vermeden yürümesine, yağmur ve dolu yemesine rağmen hiç yorgunluk hissetmiyordu. Kendini daha dinç, daha dayanıklı görüyordu. Altına uyku tulumunu alıp sırtını bir ağacın gövdesine dayadı ve gececilerin seslerini dinlemeye başladı. Bu orkestrada yok yoktu! Gece yarısına yakın, yerdeki çalgıcılara, tepelerinden geçen göçmenlerin melodileri de katıldı.

Pürüzsüz gökteki ayın ışıkları açık araziyi gölgeli biçimlere sokarken, ormanın içini karartıyordu. İlginç bir durumdu. Ağaçların tepesine vuran ışık altını karartıyordu.

Bir ara seksen-yüz metre kadar uzaktan kendisine doğru yaklaşan bir hayvan gördü. On-on beş metre ilerliyor sonra yeniden hareket ediyordu; yerden çok yüksek değildi, yaklaştıkça kalın bir kuyruğu olduğunu fark etti. Otuz kırk metre daha yaklaşınca el fenerini hayvana tuttu. Karanlığın içinde iki kırmızı nokta göründü. Bu, gece avına çıkmış bir tilkiydi. Gözüne ışık vuran tilki yarım dakika kadar olduğu yerde kıpırdamadan durdu ve sonra, acele etmeden yönünü değiştirdi; on metre kadar gidip tekrar ışığa baktı, hızlanarak gözden kayboldu.

Tilki gittikten yarım saat sonra, altına oturduğu ağacın bir ilerisindeki ağaçtan hışırtılar geldi. Hiç kanat sesi duymamıştı. Ağaçta ne olabilirdi ki? El fenerini ağacın üst dallarına tuttuğunda; bir çift kocaman göz, insana dik dik bakan ürkütücü yüz ve kıvrık gagasıyla; gece avcılarından biri olan baykuşu gördü. Baykuş saniyeler içerisinde uçup gitti...

"Bu gece ziyaretçi kabul gecem, ama ne var ki, onlara ikram edebileceğim bir şey bende yok. Hayat böyle işte; kimisi gündüz, kimisi gece yaşam mücadelesinde," diye düşünmekten kendini alamadı...

Yatmaya hazırlanırken göz gözü görmeyecek kadar yoğun bir sis çöktü. Bulunduğu yerdeki ağaçlar ve çalılar hayaletleri andıran görüntülere büründü.

5. Bölüm

Denizde bir adam var! Ne yapalım? Gemi durmuyor. Rüzgâr esiyor, bu karanlık geminin gitmek zorunda olduğu bir yol var. Gidiyor. Adam kayboluyor, sonra görünüyor, dalıyor, yüze çıkıyor, sesleniyor, kollarını uzatıyor; sesini duyuyorlar. Fırtınada titreyen gemi manevrayla meşgul; gemiciler, yolcular suya batan adamı görmüyorlar bile; zavallının başı koca dalgalar arasında sadece bir nokta gibi.

Derinliklerde umutsuz çığlıklar atıyor. Şu uzaklaşıp giden gemi ne hayal! Ona bakıyor, can atarak bakıyor. Gemi uzaklaşıyor, rengini kaybediyor, küçülüyor. Az önce o da oradaydı, sayfadan biriydi, ötekilerle birlikte güvertede gidip geliyordu; havada, güneşte onun da payı vardı; canlıydı. Ne oldu yani? Kaydı, düştü, her şey bitti.

Canavar suyun içinde ayaklarınızın altında bir kaçış, bir yıkılış var. Rüzgârla yırtılan, parçalanan dalgalar onu korkunç bir şekilde kuşatıyor, uçurumun yalpaları onu götürüyor, tuzlu su başının çevresinde dönüp duruyor, dalgalar üzerine saldırıyor, boşluklar onu yutuyor. Her dalışında, karanlık dolu uçurumlarla karşılaşıyor; bilinmez, korkunç bitkiler onu yakalıyor, ayaklarını bağlıyor, onu kendilerine çekiyorlar. Uçurum haline geldiğini anlıyor. Köpüklerin bir parçası oldu, dalgalar onu birbirlerine atıyorlar; acılığı içiyor, alçak deniz onu boğmaya uğraşıyor, can çekişmesiyle oynuyor. Sanki bütün su kin kesilmiş.

Buna rağmen savaşıyor, kendini korumaya çalışıyor, tutunmaya uğraşıyor, çaba harcıyor, yüzüyor. O, tükenen kuvvet, tükenmeyenle savaşıyor.

Nerede gemi? Orada. Ufkun sönen karanlığında ancak görülebiliyor. Buralar esiyor, bütün dalgalar onu eziyor. Bakışlarını kaldırıyor, sadece bulutların morluğunu görüyor. Ölüm halinde, denizin muazzam çılgınlığını seyrediyor. Bu çılgınlık onu ölüme mahkûm ediyor. İnsana yabancı gürültüler işitiyor. Bulutların arasında kuşlar var; ama ona ne faydaları dokunabilir ki? Onlar uçuyor, şarkı söylüyorlar, havada süzülüyorlar; onun ise, son nefesi hırıldıyor.

İki sonsuzluğa birden gömüldüğünü anlıyor: Denizle gökyüzü; biri mezar, biri kafes. Gece oluyor. Saatlerden beri yürüyor, gücü tükeniyor; şu gemi, şu uzaktaki şey, silindi gitti; alakaranlığın dipsiz uçurumunda tek başına kaldı. Görülmeyen canavarı dalgaların üstünde hissediyor.

Ufukta hiçbir şey yok. Gökte hiçbir şey yok. Geniş alanlara, dalgaya, yosuna, kayalıklara yalvarıyor; bunlar sağır. Fırtınaya yalvarıyor, fırtına ancak sonsuzluğa boyun eğer.

Çevresinde karanlık, sis, yalnızlık; fırtınalı, çılgın gürültü; vahşi suların sonsuz ihtirasları kendi içinde dehşet, yorgunluk. Tek tutanak noktası yok. Sonsuz soğuk onu uyuşturuyor. Elleri kasılıyor, kapanıyor, hiçliği yakalıyor. Yıldızlar faydasız! Ne yapmalı? Umudu kırılan adam kendini bırakıyor; bezgin olan ölmek ister; kendini koyuveriyor. Kendini ölüme bırakıveriyor, salıveriyor; böylece, bir daha dönmemek üzere, batmanın hüzünlü derinliklerine yuvarlanıyor...

Sıçrayarak uyandı. Vücudu sırılsıklam olmuştu. Bunu gördüğü rüya mı, yoksa uyku tulumunun sıcaklığı mı yapmıştı? Hızla uyku tulumundan, ardından da çadırdan kendini dışarı attı. Temiz hava, kâbusa benzer rüyadan onu biraz uzaklaştırdı. Deniz, boğulmamak için çabalayan insan, direnme ve tükeniş, umudun kaybolması! Yoksa bu rüya kendisine bir şey mi anlatmak istiyordu? Doğanın gücü karşısında insanın ne denli çaresiz kaldığını mı açıklıyordu? Ama bu bilinmeyen bir şey değil di ki.

"Hayırdır inşallah," dedi.

Ateş yakıp çay için su kaynattı. Kahvaltı yapıp yola koyuldu. Güneş yükseldikçe, sis kayboldu ve serinlik azaldı...

Hafif kıvrılan tepeler, bodur çalılarla kaplı yamaçlar ve yeşillikler arasında, ara ara görünen kayalıklarla dolu bir yere geldi. Bu güzel manzaranın tadına varmak için yavaşladı. Bu çiçekler, kelebekler, çiçeklerin ve yabani otların kokusu, çalılardaki kuşların ötüşü, "mutluluk burada" diye haykırıyordu. Başka dünya, bambaşka bir yerdi burası...

Birkaç saat sonra önüne yaşlı ağaçlardan oluşan dev bir orman çıktı. Ağaçlar o kadar yüksekti ki, sanki tepeleri gökyüzüne değiyordu. Yaprakları ise hem çok gür hem de çok sıktı, öyle ki güneş ışınlarını azıcık bile olsun aşağı bırakmıyorlardı. Reçineli çam köklerinin kokusu yayılan bu ormanın görüntüsü soğuk ve karanlıktı.

Geldiği noktadan ormanın içine girdi; kırılmış ağaç kökleri ve alçak çalılıklar, yıkılmış ağaç gövdelerinin üstünden geçerek ilerlenen bir yolculuktu bu. Ormanın içinde yosun kaplı büyük kaya parçaları vardı.

Yosunlu kayadan birinin üzerine oturarak çam kozalaklarının kokusunu ciğerlerine çekti, güneşte kurutmak ve çorba yapmak için mantar topladı, yüksek ağaçların tepesindeki yuvalarında bulunan ve gaglamalarıyla etrafta bulunan hayvanları ürküten yavru kargaların seslerini dinledi...

Birden aklına Robinson Crusoe geldi: Robinson efsanesi, ancak toplum içinde çok bunaldığı zaman insanları çeken bir efsaneydi. Yoksa, uygulaması öyle pek kolay bir şey değildi. Robinson toplumdan uzaklaşmanın bir simgesiydi.

"Benimle ilgisi yok," dedi ve gülümsedi.

Orman sona erip de otlağa çıktığında geceden gündüze geçer gibi oldu. Uzakta sekiz on hanelik bir köy vardı. Birbirine yakın tarlalarda kadınlı erkekli gruplar hasat yapmakla meşguldü. Çalışanların tarlalarının epeyce uzağında bulunan, ürünü alınmış bir anızı diğer bir tarladan ayıran çalılıkları takip ederek yürürken birden durdu.

Hemen önünde bir köpek vardı ve henüz küçük bir yavruydu. Yerde, öylece hareketsiz yatmış, korkudan koca koca açtığı gözlerle ona bakıyordu. Sadece kemik ve tüylerden oluşan bakımsız bir haldeydi.

"Korkmana gerek yok, küçük köpek," dedi. Hayvan kulaklarını dikti, Çağrı elini dikkatle uzattığında ise, hırlayarak onu uyardı. Dudaklarını gerdi ve dişlerini gösterdi. Çağrı elini hemen geri çekti.

"Tamam, küçük köpek, her şey yolunda," dedi. "Sakinleş, sana zarar verecek değilim."

Hayvan yine de ona güvenmiyordu. Kendisine dokunulmaktan vazgeçildiğini anlayınca, kafasını arkaya çevirip burnunu tüylü kuyruğunun altına soktu.

Bir yavru köpeğin yerleşim alanından uzakta bir yerde olması, bir deri bir kemikten ibaret kalması, onun ailesi dahil her şeyden dışlanmış olması demekti. Güvensizlik içindeydi ve günlerce aç kaldığı da ortadaydı.

Arka çantasını çıkartıp içindeki balık konservelerinden birini açtı, yavrunun biraz yakınına kutunun içindekileri boşalttı. Köpek hiçbir tepki vermeden umursamaz bir şekilde yapılanlara baktı, hâlâ güvensizdi...

Çantasını yeniden kuşandı ve kullandığı iz yolundan elli altmış metre gittikten sonra geri dönüp baktı. Yavru, konserve balıklarını acele acele yiyordu.

Yavru köpeğin yanından ayrılalı epey bir zaman geçtikten sonra, dönüp arkaya baktığında köpeğin kendisini takip ettiğini gördü. Onun durduğunu gören yavru da duraksadı. Çağrı'nın yürümeye devam etmediğini görünce de ön ayaklarını ileri uzatarak gerindi, sıkkın bir tavırla esnedi, olduğu yere kıvrılıverdi.

Çağrı kendini tutamayarak güldü. Onu işiten köpek kafasını yana yatırarak kulaklarını dikti ve ilgiyle Çağrı'yı süzdü. "Gel!" diye köpeğe bağırdı. Hayvan birden ayağa fırladı ve geriye doğru birkaç adım atarak kaçmaya hazırlandı. Fakat Çağrı aksi yönde yürümeye devam edince, kaçmaktan vazgeçip onu izlemeye başladı. Gün boyunca bu şekilde anlaştılar. Birbirlerini kollayıp aradaki mesafeyi korumak dışında bir şey yapmadılar. Köpek, Çağrı'ya kaçamak bakışlar fırlatıyordu. Bazen, onun peşinden gelmeyi istemiyor gibiydi. Çağrı küçük bir tepede dinlenmek için durdu; güneş de batmaya yüz tuttuğundan geceyi de burada geçirmeye karar verdi.

Güneşin son ışıkları kaybolmadan çadırını düzenledi; çantasında ne kadar erzakı kalmış, onu kontrol etti. Aklına yeniden dün geceki rüya geldi... Ilık ve esintisiz bir hava vardı. Karanlığa kalmak istemeyen birkaç telaşlı kuş, bulunduğu yerin uzağından hızla geçip gitti. Ateş yakmaya ihtiyaç duymadı. Köpek hiç yaklaşmadığı kadar yakına gelmişti.

Çantasından yiyecek çıkarırken, bir çift gözün onu sabırsızlıkla izlediğini fark etti. Köpek onun her hareketini ilgiyle izliyordu, bakışlarında istek ve açlık vardı.

Çağrı, bir konserve kutusunu eline alıp köpeğe gösterdi:

"Bu kez buradakileri sadece sen yemeyeceksin, pay edeceğiz, anlaştık mı?" dedi.

Köpek boynunu yana yatırarak sanki anlamış gibi başını öne eğip kaldırdı. Konservenin içindeki etin yarısından fazlasını köpeğe atan Çağrı:

"Sana fazlası düştü, çünkü sen meyve ve sebze yemiyorsun, o nedenle anladın mı?"

Küçük köpek ete saldırıp hızla yemeğe başladığından artık söz dinleyecek durumda değildi.

Köpek önündeki eti bitirince; birden aklına geldi ve çantanın yan ceplerine doldurduğu ahlatlardan birini alıp köpeğe uzattı. Yavru köpek onu bir hamlede kaptı ve kısa bir esnemeden sonra midesine indirdi.

Çağrı, "Ooo... Bu çok iyi; ama sadece bu dağ armudunu beğendiğin için mi yedin, bakalım göreceğiz," dedi. Peş peşe sekiz on tane daha ahlatı köpeğin önüne attı. Köpek kısa bir sürede hepsini yiyip yuttu.

"Sen şimdi su da istersin!"

Sol elinin avcuna mataradan su koydu ve küçük köpeğin yaklaşmasını bekledi. Köpek hiç tereddüt etmeden geldi ve diliyle iki üç hamlede suyu içip eski yerine döndü. "Bu kadar bana yeter," demek istedi.

Karanlığın başlamasıyla yıldızlar yerlerini aldı, ay da bu gece erkenciydi. Yüzlerce, belki de binlerce her cins böcek, gittikçe artan ses dalgaları halinde ortalığı inletmeye başladı. İlerleyen saatlere doğru, uzaktan uzağa gece yırtıcılarının, kendi avlanma alanlarına başkalarının girmemesi için, "ben buradayım, başkasını istemiyorum" tiz ötüşleri duyulmaya başladı...

Çağrı çadırına girdiğinde, küçük köpek de biraz tereddütten sonra içeri girdi. Uyku tulumuna girip fermuarı çekmeden önce, hayvanın dikkatle kendisine yaklaştığını hissetti. Köpeğin burnu, neredeyse yüzüne değecek kadar yakındı. Köpek onu iyice kokladı ve yüzünü baştan aşağı yaladı. Sabah uyandığında hayvanın, uyku tulumunun ayak ucunda, iyice sokulmuş olduğunu gördü. Görünüşe göre kendini yuvasındaymış gibi rahat hissediyordu.

Kahvaltısını peksimet ve meyve suyuyla yaptı. Asaf Bey'in yumurtalarından birini çiğ olarak içti. Küçük köpek önüne konulan peksimeti takır takır yedi. Gözü yumurtadaydı. Çağrı, bir yumurta da ona kırıverdi. Köpek onu "lık" diye içti.

Çantasını kuşandı, tam hareket etmek üzereyken, "Ufaklık, sana bir isim lazım. Senin adın 'Uğur' olsun. Belki de bana uğur getirirsin," dedi.

6. Bölüm

Mevsim normallerinde bir eylül günüydü. Düzlük alanlar sıcak, vadi ve dere içleri serin, biçilmiş buğday tarlalarına kalabalıklar halinde konup kalkarak dökülen taneleri toplayan kuşlar; kafilelerinden ayrı düşmüş veya geçici konaklamaya geçmiş göçmen kuşlar ise, meyve ağaçlarının birinden kalkıp diğerine konuyorlardı. Ara ara av tüfeklerinin sesleri de duyuluyordu, ama kendisi şu ana kadar herhangi bir avcıyla karşılaşmamıştı.

Bazı tarlalarda köylü kadınlar mısır topluyordu. Bu tarlalardan birine girdi, onların bu işi nasıl bir ustalık ve el çabukluğu ile yaptıklarını izledi. Sonra, mısır satın almak istedi. Fakat onlar, "İstediğin kadar alabilirsin, para karşılığı olmaz," dediler. Topladıkları mısırlardan kendisine on beş kadar sütlek mısır verdiler. "Taşıyabilirsen, daha fazla da alabilirsin," derken bakışları Çağrı'nın çantasındaydı. Gözleri çuvallara alışmış kadınlara, onun çantası çok sıradan bir nesne olarak geldi ve birbirlerine bakışarak güldüler. Onlara teşekkür ederek ayrılırken, arkasından takip eden Uğur için de, "Bunu da nereden bulmuş acaba?" diye aralarında konuşmadan edemediler.

Öğlen üzeri yanından geçtiği bir köyün bakkalına uğradı ve çantasını olabildiğince yiyecekle doldurdu. Köyün içindeki azman köpekler hemen Uğur'a sataştı, o da Çağrı'nın ayaklarının arasına sığındı. Köyden hiç eğlenmeden ayrıldı ve kuzeye doğru yürüyüşüne devam etti.

Yolda giderken, "Uğur yoruldun mu?" diye küçük köpeğe soruyordu. Kulağına gelen bu ses yavruya güven vermeye başlamış ve sesi duyunca kulaklarını diker olmuştu. Bir köpekle konuşurken onun ses vermesine gerek yoktur. Ona iyice bakmak yeter de artar. Vücudunun duruşu insana her şeyi anlatır. Kuyruğunu dik mi tutuyor? Yana doğru mu eğilmiş? aşağı mı sarkıyor? Yoksa bacaklarının arasına mı sıkıştırmış? Yüzünün ifadesinden, gözlerinden de anlaşılır ne söylemek istediği. Bir köpek gülebilir veya ağlayabilir, coşkulu olabilir veya sıkılabilir, bakışları hüzün, alınganlık, üzüntü, sevgi, saldırganlık ifade edebilir. Yaklaşan tehlikeyi sezebilir. İçlerinde kötülük yoktur ve oyun düşkünüdürler.

Çağrı önde, Uğur bir adım gerisindeki yürüyüş düzenleriyle ilerlerken; Uğur aniden birkaç adım öne fırladı; ayakları gergin, kulakları dik ve kuyruğu yukarıda, gözlerini sabit bir noktaya dikti. Çağrı bir gariplik ve olağanüstü bir durum olduğunu anlayıp olduğu yerde kaldı. Köpeğin dikkatle baktığı noktaya göz gezirdirdiğinde, hemen önlerindeki çalı grubunun yanındaki yassı kayanın üzerinde, rengi de kayanın renginde olan bir yılanın başını ve ancak yarısını gördü; küçük sayılabilecek bir yılandı, belki de bu yılan yavrularından biriydi.

Köpeğin vücudu yay gibi gergindi. Dişlerini çıkararak hırlamaya başladı. Sonra, tüm göğsünü toprağa yapıştırarak yavaş yavaş yılana doğru sürünmeye başladı. Kayanın üzerinde sadece bir bölümü görünen, güneşlendiği anlaşılan yılanın, insanı da köpeği de fark etmemesi mümkün değildi, ama kılını bile kıpırdatmadan olduğu yerde hareketsiz duruyordu.

Köpek aniden ayaklarının üzerinde doğruldu, havlama ile uluma arasında, meydan okurcasına ses çıkarınca, yılan vücudunu görünmeyen bölümüne çekerek saniyeler içerisinde kayboldu. Köpek hızla kayanın yakınına gitti ve aniden durarak, sakince ve usul usul kayanın etrafını dönerek kokladı. Ama hiçbir yarık ve deliğe ne burnunu soktu ne de ayaklarıyla eşeledi. Yılanın veya yılanların yuvası, bu yer yer parçalı yassı kayanın altındaydı ve köpek bunu içgüdüsel olarak biliyordu.

Olup biteni ilgiyle ve heyecanla izleyen Çağrı, şunu öğrenmişti: Köpek, bir nesneye önce dikkatli bakmayı, tekrar tekrar bakmayı, o nesne üzerine mümkün olduğu kadar yoğunlaşmayı, bunu yaparken diğer düşüncelerden tümüyle arınmayı ve iyice baktıktan sonra da karar vermek şeklinde bir yol izliyordu.

Aynı gün başka bir şey oldu! Mera olarak kullanılan, bu nedenle de ekilmeyen bir araziden geçerken, köpeğin başka bir durum dikkatini çekti. İnsanın duyamayacağı kadar hafif bir ses, otların ve bodur çalıların içinde, farelerin yuvalarından gelen fark edilmeyecek kadar küçük bir hareket. O zaman Uğur, donup kalıyor ve sesin yerini iyice tayin etmek için kafasını yan yatırıp kulaklarını dikiyor. Aşağıdan bir yerlerden ıslık sesleri ve tıkırtılar geliyor. Küçük kemirgenlerin sesleri. Civarda birçok delik, tünel ve kaçacak yerleri var. Yılanlar en büyük düşmanları, gündüz yırtıcıları baş belaları. Farelerin giriş çıkış yerlerini çok iyi tespit etmek ve gözetlemek gerekiyor. Köpek bunu çok dikkatli yapıyor, gereksiz her türlü hareketten kaçınıyor ve atlamaya hazır bekliyor. Fırsatını bulduğu zaman onları kovalayarak paniğe kapılmalarına neden oluyor, yollarını kesiyor ve onları yerlerinden uzaklaştırıyor. Ya da iki ön ayağı ile birden atlıyor ve fareleri kaçmaya zorluyor. Uğur için harika bir oyun. Bunu yaparken tüyleri kabarıyor ve hafif kalkık olan kuyruğu heyecandan fırfır dönüyor.

Bazen de yavrulara ulaşmak için bütün yuvayı kazıyor. Bunun için önce yerdeki yosun ve ot tabakalarını ısırarak koparıyor, toprağı, otları ve ayaklarına takılan kökleri yerin daha sert olduğu tarafa atıyor, gücünü fazla harcamamaya özen göstererek önceden belirlediği yerleri kazıyor ve arada bir burnunu deliğe sokup içerisini kokluyor. Eğer burnu doğru kokuyu alırsa, açmaya devam ediyor. Sonunda da dehşete kapılan fareler çil yavrusu gibi ciyak ciyak bağırarak dört bir yana kaçıyor.

Çağrı, çocuk oyunlarından farksız bu gösteriyi, gülmekten katılarak seyretti.

7. Bölüm

Günün son ışıklarıyla birlikte, tabanı sık çalılarla kaplı küçük bir kayın ormanına ulaştı ve kamp kurdu. Yumurta pişirmek, sebze közlemek ve çay suyu kaynatmak için ateş yaktı. Kuru çalıları çabuk tutuşturmak için ateşin yanına çöktü ve alevleri canlandırmak için ateşin üzerine eğilerek üfledi. Alevler çıtırdayarak ve kıvılcımlar saçarak oynaşa oynaşa yükseliyordu. Duman etraftaki sivri sinekleri kaçırttı. Köpek, ateşi uzaktan seyretmeyi tercih etti, alev ve ateşle arasının iyi olmadığı belliydi.

Gece ilerledikçe, serin bir rüzgârla gelen koyu siyah bulutlar, gökyüzünde ışık veren ne varsa hepsini kararttı. Tam gece yarısı, rüzgâr bıçakla kesilir gibi kesildi. Sanki dünyanın dönmesi durmuşçasına hiçbir şey kıpırdamaz ve ses vermez oldu. Çok sürmedi, birbirlerine çarpan bulutların korkunç seslerinin ardından, kova ile boşaltırcasına bir sağanak başladı.

Çadırın üstü trampet çalıyordu. Köpek de daha fazla ıslanmamak için çadırın içine sığındı. İri taneli yağmur azimkâr bir şekilde devam ediyordu. Önceleri uzaktan uzağa duyulan her çeşit kuş sesi, artık her yerde; üstlerinde, yanı başlarında, elle tutulacakmış kadar yakınlarından duyuluyordu. Göçmen kuşlar doğanın azizliğine uğramış, yollarına devam edemez hale gelmişlerdi. Yağmur ve sis onların ufuk hattını görmelerini engellemiş, insan ışıklarından da yararlanamaz duruma düşürmüştü.

Bıldırcınlar, bıldırcın ve su yelveleri, toylar, yağmurcunlar, kız kuşları, sarıasmaları, bağırtlaklar, yalıçapkınları, kuyruk sallayanlar, ağaçkakanlar, baştankaralar, tangaralar, ispinozlar ve eylül ayını göç zamanı olarak seçen tüm kuş türleri; uçuşları için görüş imkânı olmadığından çığlık çığlığa tiz ses ve ötüşlerle, inip konmak için düz ve açık alan arıyorlardı. Görüş alanı çok zayıf olduğu için ormanların içine inmek zorunda kalanlar bile vardı.

Ötüşü kişnemeyi ve gülüşü andıranlar, figanlı ve hüzünlü ses çıkaranlar, feryatlı ve kıkırdamalı ötenler, sesi ağlayan ya da iç çeken bir insana benzeyenler, sesi inek sesine tıpatıp uyanların çağrı ve ötüşlerinden, karanlığın derinliklerinde tam bir karmaşa vardı. Birbirlerinden kopan kafileler ve cinsler, haber alma ve konum belirleme derdindeydiler. Yere inenlerin sesi ve ötüşü kesiliyordu. Kargaşa ve telaş, toprağa doğru alçalma sürecinde daha yoğun oluyordu.

Gece yarısını çoktan geçmiş olmasına rağmen, yağmurun şiddeti ve kuşların heyecan dolu ötüş ve çağrılarından zaten uyuyamayan Çağrı, kapüşonunu başına geçirip dışarı çıktı. Köpek de onu takip etti. Şimdi, sadece ötüşleri değil, karanlıkta alacalı bulacalı da olsa çeşitli büyüklükteki kuşların havada muhtelif istikametlere uçuşlarını görebiliyor, bazılarını cismen göremese dahi kanat seslerini yakından duyabiliyordu.

"Göçmen" ve "göç" sözcükleri ne zaman, nerede geçerse; bunun altında her zaman bir hüzün, acı ve hatta felaket vardır. Göçmen kuşlar için de bu gece öyleydi. Kafileleri dağıtılmış, parçalanmış, her biri bir yere savrulmuştu. İş bu kadarla da bitmiyordu. Aydınlık süresinde de kendilerini avcılardan, gündüz yırtıcılarından korumak zorundaydılar. Üstelik, zorlu olarak indikleri bu bölgeler kendilerine yabancıydı. Geceyi beklemek zorundaydılar. Onlar, yıldızlar olmadan yön tayin edemezlerdi. Eğer hava, gündüzden sonra gece de yine böyle yağışlı ve kapalı kalırsa, bu defa iki gün daha bilinmedik bu yerlerde kalmak zorunda kalacaklardı. Bu gece zaten bir kısmı tellere, dikenli çalılara, hesaplanamayan sert yerlere çarparak yaralanmıştı. Ama bu yüzyıllardır böyleydi, onlar kuzeyden güneye, güneyden kuzeye göçü, en zor ve en kötü koşullarda bile gerçekleştirmek zorundalardı. Beslenme ve üreme koşullarının en uygun olduğu coğrafyalarda bulunmayı sağlayamadıkları takdirde, türlerinin tamamen yok olacağı bilincine içgüdüleriyle sahiptiler.

Doğa baştan aşağı eylem ve yaşam için mücadele

alanıydı. Her canlının bir karşılığı, hasmı, rakibi ve düşmanı vardı...

Karanlık başdöndürücüdür. İnsana aydınlık gerek. Günün zıttına dalan bir kimsenin yüreği sıkışır gibi olur. Göz karanlığa bakınca düşünce bulanır. Güneşin kaybolmasında, gecede, sisli bir kaygı vardır; en güçlüler için bile. Hiç kimse ormanda ürpermeden yürüyemez. Karanlıklar ve ağaçlar, korkunç iki kalınlık. Belirsiz derinliklerden hayali bir gerçek çıkar. Aklın alamayacağı şeyler, sizden iki adım ötededir. İnsan ya boşlukta ya da kendi beyninde elle tutulamayan şeylerin uçtuğunu görür. Büyük kara bir boşluğun rüzgârları insanın ciğerlerine dolar. Hem korkar hem de arkaya bakmak ister insan. Gecenin kovukları, vahşileşen cisimler, karaya çalan su birikintileri, mezar sessizliği, ürkütücü ağaç gövdeleri, rüzgârlarla yatıp kalkan upuzun otlar... Bütün bunlara karşı insan kendisini savunamayacak durumdadır. Karanlığın içe işlemesine ürpermeyen tek bir gözü pek yaratık yoktur.

Ufuklar ağarmadan önce, hiçbir kuş sesi duyulmaz oldu. Demek ki gökyüzünde kimse kalmamıştı. Ilık bir gün doğrusu esmeye başladı. Esinti hızını biraz daha artırınca, siyahları önce griye, sonra da beyaza dönüşen bulutlar, uslu çocuklar gibi itiraz etmeden bölgeden uzaklaşıp gittiler.

Çağrı'ya bu gece uyku haramdı! Belki birkaç saat uyuyabilirim diye yeniden çadıra girdi, köpek de peşinden aynı şeyi yaptı...

8. Bölüm

Uyandığında, güneş neredeyse tepe noktasına yaklaşmış bulunuyordu. Sıcaklık ise sanki ağustostan kalmaydı. Çadırıyla montunu kurumaları için çalılıkların üzerine serdi. Erken uyanmış olan Uğur, çoktan kendini kurutmuştu... Geç kalma duygusuyla ateş yakmayı düşünmediği gibi, zaten her şey ıpıslak olduğundan bu iş kolay da değildi. Çabucak bir şeyler yedi ve köpeğe de yiyecek verdi. Bir saate kalmadan yola çıktı...

Aç toprak, şiddetle yağan yağmuru bile emip yok etmiş olmasına rağmen, daha önceden insanlarca kullanılan iz ve patikalar çamurluydu. Yağmurdan sonra havada; toprak, bitki ve çiçek kokularından meydana gelen hoş ve nefis bir koku vardı. Cansız bir dereyi, şirin yamaçları geçerek bir çayırlığa, sonra içinde kestane ağaçlarının da olduğu bir ormana ulaştı. Sürü sürü böcekler sağa sola uçuşuyor, ötücü kuşların namelerinin sonu gelecekmiş gibi görünmüyordu.

Ormanı ya bir kenarından dolaşacak veya içine girip, bittiği yerden dışarı çıkacaktı. İçine girerek ilerlemeye başladı. Daha ormana girer girmez birbiri ardına iki çoban aldatıcı havalanıp kaçtı. Neredeyse üzerlerine basacaktı. Zor görünen bu kuşların bulundukları zeminle gövde renkleri birbirinin aynıydı. Kalkıp uçarken de hiç ses çıkartmadılar. Köpek de önceden kokularını alamamış, dolayısıyla varlıklarını tespit edememişti.

İlerideki ağaçların daha aydınlık bir görüntü vermesi, ormanın biraz sonra sona ereceğini gösteriyordu. Birden sağ taraftaki ağaçlardan birinin tepesinden bir çıngırak sesi duydu. Dikkat kesilip baktı, bir şey göremedi. Bir dakika sonra, üst üste üç çıngırak sesi daha duyuldu. Köpek de pür dikkat sesin geldiği yöne bakıyordu. Köpek birden ileri fırladı ve otuz adım kadar ilerideki bir ağacın dibinde durarak yukarı bakmaya ve kuyruğunu sağa sola sallamaya başladı.

Çağrı, ağacın altına gittiğinde gördüğü manzara şuydu: Bir atmaca, iki ayağına bağlı deri sicimler konduğu dala dolaştığı için baş aşağı sallanıyordu. İkide bir uçup gitmeye çabaladıkça da gene ayağına takılı çıngırak ses çıkartıyordu. Ağaç çok yüksekti ve atmaca en üst dallardan birinde asılı kalmıştı.

Atmaca, kanatları kısa ve geniş, kuyruğu uzun, küçük boylu bir yırtıcıdır. Renkleri mavimsi gri ve kurşuni gridir, alt tarafı enine çizgilidir, gözleri sarı, çok hızlı kanat çırpan ve kısa aralıklarla uçan, esas mekânı orman olan bir gündüz avcısıdır.

Deri sicimler ve çıngırak, bu atmacanın bir sahibi olduğunu açıklıyordu. Atmacayla kuş avı yapmaya meraklı insanlar, bunları daha yavruyken yuvalarından alıp, besleyip büyütüyorlar, sonra da avlanmak için özel bir eğitime tabi tutuyorlardı. Atmacalar genellikle bıldırcın avında kullanılıyor. Bıldırcın avı dışındaki mevsimlerde atmaca ya sahibinin ona hazırladığı evinin köşesinde bir yerde kalıyor veya sahibinin sağ kolunun üzerinde bulunan meşine konmuş olarak, onunla beraber her yere gidip gelebilir.

Av becerisinde atmacanın dişisinin erkeğinin birbirlerine üstünlükleri yoktur. İkisi de tam yeteneklidir. Atmaca sahiplerinin büyük bir bölümü bıldırcın mevsimi bitince atmacalarını salar ve serbest bırakır. Çok meraklılar, atmacayı bir sonraki bıldırcın mevsimine kadar kışın da besler ve barındırırlar. Bir kış geçiren atmacaya "kürüç" denir. Kürüçler, zamanla sahibinin her dediğini anlayan, daha tecrübeli ve hiçbir avı kaçırmayan özellikleriyle tercih edilir. Fakat atmacalar, kuş ve taze etle beslendiklerinden, sahiplerine kazandıracakları avdan gelecek faydadan daha fazlasını, iki bıldırcın mevsiminde kendileri tüketir!

Şu anda ağaca dolaşmış ve çaresiz haldeki bu atmaca, muhtemelen dün veya bu sabah sahibi ile ava çıkmış ve sonra da sahibini dinlememiş, avı doğru yapmamış, eğitimi de zayıf olduğu için kaçmış bir kuştu.

Özgürlüğü seçmiş, ama her iki ayağına bağlı deri sicimlerle geniş dallı yüksek bir ağaca konarak hata yapmıştı!

Atmacalı avcılar, böyle bir kaçıştan sonra atmacalarını saatlerce, hatta günlerce ararlar. Belki bunun sahibi hâlâ onu arıyor olabilir! Aramaktan da kolay kolay vazgeçmezler. Kışlamış, yani bir "kürüç" firar etmez. Ağaçtaki kuş, muhtemelen bu mevsimin yavrusuydu, bu yıl eğitim almıştı ve daha bıldırcın mevsiminin başındayken kaçmıştı. Kaçmanın daha mevsimin ilk günlerinde olması, sahibi için büyük bir hayal kırıklığı ve diğer avcılar nazarında da prestej kaybıydı!

Atmacanın her çırpınışında çıkan çıngırak sesi, köpeği ağacın etrafında fır fır döndürüyor, kesik kesik havlamasına sebep oluyordu. Ağaç, bir kestane ağacıydı ve kökünden itibaren yukarıya doğru dört beş metresi çıplak, yani pürüzsüz ve dümdüzdü. Gövdede bir çotak, bir çıkıntı olmadığından tutanacak bir yer de yoktu.

Bir karar vermek gerekiyordu. Ya bir çare bulup atmacaya ulaşılıp, hayvan bu düştüğü durumdan kurtarılıp yaşatılacak veya orada öylece kalıp ölecekti.

Atmaca bu halde, göz göre göre ölüme terk edilemezdi. Arka çantasını ve montunu çıkardı. Çantanın içinden küçük baltayla kısa halatı aldı. Sıkıntı yaratan şey ağacın alt iki dalına ulaşmayı sağlayan gövdenin çıplak bölümüydü. İlk dala tutunduktan sonrası daha kolaydı, atmaca en üst dallardan birinde olmasına rağmen.

Bir saatten fazla ormanın içinde ucunda ağacın gövdesini kavrayabilecek çatalı olan bir direk aradı. Tam istediği gibi olmasa da lataya benzer bir şey buldu... Bunu meyilli olarak ağacın gövdesine dayadıktan sonra, kaymasın diye toprağa temas eden kısmını kazarak kuvvetlendirdi. Halatın bir ucuna baltayı bağlayıp sol omzuna aldı. İki eliyle ağacın gövdesini tutup, latanın üzerinde yürümeye başladı. İstediği yüksekliğe geldiğinde sağ eliyle sol omzundaki balta takılı halatı atıp ilk dala atmaya çalışırken sol eli kaydı ve dengesini kaybedip yere düştü. Köpek acı acı havlayınca atmaca da birkaç kere çırpıntı, çıngırak ortalığı çın çın öttürdü.

Çağrı düştüğü yerden birden kalkamadı. Önce oturdu, başını ve belini kontrol etti. Başının yere çarpmaması büyük bir şanstı. Ayağa kalktı, üstünü başını silkeledi:

"Ucuz atlattık," dedi.

Sadece sağ kürekkemiğinde biraz sızı vardı. Ayaklarında veya kollarında herhangi bir şey yoktu. Kendisiyle birlikte halatın ucuna bağlı balta da yere düşmüştü, onun yüzüne ve başına çarpmamış olması da talihten sayılırdı.

Kısa bir nefeslenmeden sonra yeniden ağaca çıkmaya başladı. Bu kez, halat ve baltayı sağ omzuna aldı. Uygun yere ulaştığında ucunda balta olan halatı ilk dala attı, ama balta dalın ötesine geçmedi. Bir daha denedi gene olmadı, üçüncüde balta dalın ötesine geçti, Çağrı halatın ucunu bıraktıkça balta kendi hizasına geldi. Şimdi, dala dolanmış halatın iki ucu da kendi elindeydi. Ayaklarını bu defa ağacın gövdelerine bastırıp iki eliyle halata asılarak vücudunu ilk dalın üzerine aldı.

Çağrı'nın daldan dala yükselerek atmacanın bulunduğu dalın hizasına ulaşması yirmi dakikadan fazla sürdü. Hayvan, konmuş olduğu dala ayaklarındaki meşin sicimlerle dört beş kez dolanmış durumdaydı. Bu derece dolaşmayı da her defasında uçmaya yeltenerek kendisi yapmıştı. Gövdeden ayrılan bir dala basarak atmacaya ulaşmak mümkündü, ama hayvan, heyecandan daha fazla çırpınıyor, bu şekilde de onun sicimlerini dolaştığı daldan kurtarmak zor olacağa benziyordu.

Çağrı düşündü ve çareyi buldu. Bir fırsatını bulup cebinden çıkardığı mendili hayvanın başına geçirince, göremeyen kuş çırpınma ve parlamayı durdurdu. Her şeyi tek eliyle yapmak zorunda kaldığı için atmacayı dolaştığı daldan çevire çevire sicimleri serbest hale getirip boşa çıkardı. İstese salabilirdi, ama bu hayvan yeniden aynı tuzağa düşebilirdi. Gözleri kapalı halde onu gövdesinin ortasından sol eliyle tutup, sağ elini kullanarak, daldan dala geçip inmeye başladı. Tek eliyle atmacayı tuttuğu için de iniş çıkıştan daha fazla zaman aldı. En alttaki daldan sonra bacaklarını ağacın çıplak olan gövdesine sarıp, bütün kuvvetini sağ eline vererek yavaş yavaş aşağıya kaydı.

Köpek heyecandan çıldırmış gibiydi. Hopluyor, zıplıyor, ağlıyor, gülüyor; ne yapacağını bilemez haldeydi. Gözleri açılan atmaca da ters ters köpeğe bakıyor, hiç korkmuş gibi görünmüyordu. Tersine "gevezelik etme!" der gibiydi.

Çağrı, atmacayı meşin sicimlerden ve çıngıraktan kurtarmayı ormanın dışında bir yerde yapmayı düşündüğünden, şimdilik onu sicimleriyle bir çalıya bağladı. Halatı ve ucundan çıkardığı küçük baltayı çantasına yerleştirdi. Çıkarken ve inerken pantolonuyla gömleği, ağacın kabukları ve yosunlarından pürüz pürüz olmuştu, elleriyle üstünü temizledi. Montunu giyip çantasını sırtlandı. Köpek ve atmaca, belli bir uzaklıktan birbirlerini süzüyor ve bu işi sessizce sadece gözleriyle yapıyorlardı.

Çağrı, çalılıklara bağlı ama yerde duran atmacanın yanına gittiğinde, alışık olan hayvan hemen onun sağ kolunun üzerine atlayıp kondu. Konmasıyla birlikte de pençesinin tırnaklarını Çağrı'nın eline geçirip kanattı. Atmaca ürkmesin diye Çağrı hiç istifini bozmadan onu dirseğine, gömleğinin üzerine doğru itti. Mendilini sağ eline bağlayınca atmaca tekrardan ilk konduğu yere geldi. Atmacanın ayağına bağlı olan meşin sicimler ise sağ elindeydi.

Kısa bir süre sonra ormandan hasadı yapılmış tarlalara çıktılar. Çağrı biraz daha ormandan uzaklaştıktan sonra kuşun sicimlerini kesip, çıngırağını çıkarayım diye düşünürken, küçük bir çalının dibinden, aniden, tüyleri kahverengi, boynunda siyah çizgileri bulunan gagası gri, bacakları pembe, "pik-vi-vik" ve "brüt-brüt" diye öten iki bıldırcın havalandı. Bunlar muhtemelen dün gece yollarına devam edemeyen göçmenlerdi.

Bu beklenmedik harekete Çağrı da boş bulundu, atmacanın şimşek gibi elinden uçup gitmesine mani olamadı.

Atmaca yirmi otuz metre içerisinde bıldırcınlardan birini havada pencesine aldı ve yere indirdi. Çağrı uçarcasına atmacanın yanına gitti. Eğitimli olan atmaca, bıldırcını sadece kaçmasın diye pençesiyle tutuyor, sahibinin gelişini bekliyordu. Çağrı bıldırcını aldı ve baktı. Hayvanda en küçük bir yara bere yoktu. Atmacanın sicimlerini sıkı sıkı tutarak bıldırcını serbest bıraktı. Hayvan, bıldırcınların özel ötüşleriyle hızla gözden kayboldu.

Çağrı önce çıngırağı çıkarıp, atmacanın ayakları zarar görmesin diye özenle meşin sicimleri kesti ve ayağa kalkıp, gövdesini iki eliyle tuttuğu atmacayı gökyüzüne fırlattı.

Atmaca önce atılan yükseklikten kırk elli metre daha yükseğe çıkıp, aynı düzlemde üç dört kez dönerek uçtu, sonra döne döne bir nokta haline gelinceye kadar gökyüzüne yükseldi; güney ufkuna doğru kayboldu...

Çağrı, olup bitenleri kendine göre sesler çıkaran ve hareketler yaparak izleyen köpeğe döndü:

"Bu, ne biliyor musun Uğur? Kimilerinin elde edemediği, kimilerinin de kıymetini bilmediği şey: Özgürlük!" dedi.

9. Bölüm

Bu gece, sık sık yıldız kaydı. Ilık ve rüzgârsız hava; ağaç, bitki ve eylül çiçeklerinin karışımından meydana gelen hoş koku, sanki tüm doğa canlılarının canına can katmıştı. Böcekler daha bir şen, gece avcıları daha bir enerjik, gökyüzünde seyreden göçmen kuşlar ötüşleriyle daha bir mutlu gibiydiler.

Bir gece önce felakete uğrayan türlü göçmen kuşlar, havanın kararmasıyla gökyüzünde görünen ilk yıldızlarla birlikte, bulundukları yerlerden havalanarak bu geceki göç kafilelerinde yer almak için yükseldiler; özel ötüşlerle, kendi türleriyle haberleşip buluşmak için çabalamaya başladılar. Bu seslenişlerde hem hüzün hem de sevinç vardı.

Yürüyüşe tan yerinin ağarmasıyla başladı, köpek pür neşe, bir önden koşuyor bir arkada kalarak oyunlar oynuyor, bazen de küçük çalılıklarda bitki tohumu arayan minik kuşlara saldırılar düzenleyerek onların kaçışlarından zevk alıyordu.

Her bir bölümüne ayrı ayrı; pancar, nohut ve turp ekilmiş olan tarladan sonra, arazi biraz meyillendi ve bir sırtla son buldu. Sırttan bakıldığında, kavak ve söğüt ağaçlarıyla çevrili yatağı kolayca fark edilebilir bir çay ve çayın iki tarafında da geniş bir çayırlık, otlak alan görülüyordu.

Sırtın hemen altında bulunan bir koyun sürüsü otlayarak çayın sağındaki çayırlığa doğru ilerliyordu. Sürü oldukça uzaktaydı.

Çağrı dürbünü çıkararak baktığında, sürünün yanında insan göremedi, ama dev bir çoban köpeği çayla sürü arasında, sürünün hareket istikametine doğru, hiç acelesi yokmuşçasına yürüyordu.

Sırttan aşağı inerken bir muşmula ağacına rastladı. Meyveleri olgunlaşmıştı, biraz yedi, biraz da çantanın yan ceplerine koydu. Sırtın bittiği ve otlağın sınırının başladığı yerde üç elma ağacı ile iki ceviz ağacı, bulunduğu yerden fark edilebiliyordu.

Düzlüğe doğru indikçe, elma ve ceviz ağaçları sürünün görülmesini engelledi. Her taraf o kadar sakindi ki, bir sivrisineğin kanat sesi bile gürültü sayılabilirdi.

Birden yanık bir ses yükseldi. Biri, türkü söylemeye başlamıştı. Durmalı mıyım, yürümeli miyim diye kısa bir tereddüt yaşadı ve olduğu yerde beklemesi, türküyü kesmemesi gerektiğini düşünüp durdu. Köpek de ona uydu.

Bu insan kimse, çok içten söylüyor ve sanki türkünün içinde geçen sözleri kendisi yaşamış gibi tonlandırıyordu. Kulağını vererek dinledi:

"Geçti gitti vatanına yurduna
Dayanamam hasretine derdine
Uçurdun turnamı dağlar ardına
Ara ver dağlar ara ver
Al götür selamımı nazlı yâre ver.

Benim gizli derdim asla bilinmez
Akar da gözyaşım çare bulunmaz
Ara ver dağlar ara ver
Al götür selamımı nazlı yâre ver."

Çağrı'nın yaklaştığını ayak seslerinden fark eden adam ayağa kalktı ve sürüyü bırakıp yıldırım gibi kendilerine doğru koşan dev köpeğe bağırdı. Eliyle de sürüyü işaret ederek:

"Dost, işinin başına!"

Dev köpek zıng diye durdu ve koşarak tekrardan sürünün yanına gitti.

"Hayrola delikanlı, sen avcı mısın?"

"Değilim, hayvanları avlamayı da sevmem."

"Ne bileyim ben, bu mevsimde tüfeğini kapan ortalığa dökülüyor da."

"Ben tabiat âşığıyım. Doğal yaşamı görmek ve bizzat içime sindirmek için seyahat yapıyorum."

"Anlaşıldı, sen bizdensin demek," diyerek bir kahkaha attı.

"Bu sürünün sahibi siz misiniz?"

"Çobanıyım!"

"Çoban deyince, herkesin aklına sırtında kepenek, elinde kaval olan birisi geliyor da."

"Onlar mazide kaldı. Ben kaval değil, ağız mızıkası çalarım."

"Benim adım Çağrı, çoban bey."

"Çoban bey" lafına adam gülmekten katıldı, gözlerinden yaş geldi ve, "Mustafa Kemal Atatürk 'Bey' lafını kanunla yasaklamadı mı?"

Çağrı şaşırdı. Bu adam bilinen, herkesin sandığı bir çobana benzemiyordu. Adam devam etti:

"Benim adım Rüştü. Bölge halkı beni "Deli Rüştü" diye tanır ve bilir. Bana adımla hitap edebilirsin, ama çok istiyorsan 'efendi' de diyebilirsin. Efendi lafı kanunla yasaklanmamıştır. 'bey' denilince benim aklıma; asan kesen, vergi toplayan, zulüm eden insan gelir."

Çağrı anlamıştı. Karşısında ilginç bir adam vardı.

Çoban, Uğur'u göstererek:

"Nereden buldun bu veledi?"

"Bir köyün yakınından geçerken rastladım. Bir deri bir kemikti, şimdi biraz toparladı."

Uğur, kendisi hakkında konuşulanları anlamış gibi, bir Çağrı'ya bir Rüştü Efendi'ye bakıyordu.

Adam, "Gel bakalım ufaklık," diye Uğur'u çağırdı. Köpek hiç yadırgamadan onun yanına gitti.

Çoban onun başını ve gıdığını sevdi. Köpek mutlu bir halde yere uzandı.

Bu konuşmalar süresince ikisi de ayaktaydı.

Çoban, "Çıkart şu çantanı da dinlen biraz. Şu küçük hasırı da altına al ve otur. Islak zemine asla oturma, tıpkı hayatta olduğu gibi, sonra canın çok sıkılır," dedi.

Çağrı sırt çantasını çıkardı ve çobanın verdiği küçük hasıra oturdu. Bulundukları yer, yaşlı bir cevizin altıydı.

Çağrı: "Size niçin 'deli' lakabı taktılar?"

"İnsanların büyük bir bölümüyle anlaşamıyorum da onun için."

"Nelerde anlaşamıyorsunuz?"

"Kâinatı anlayamadıkları her şeyde."

"Kâinatın neyini anlayamıyorlar?"

"Neyini anlıyorlar ki, sanki beyinlerine kurşun dökülmüş gibi, sanki bir çemberle kuşatılmışlar gibi. Gözleri var, ama hiçbir şeyi fark edemiyorlar."

Çağrı'nın aklına Asaf Bey'in sözleri geldi. "Kafes" burada; Rüştü Efendi tarafında da başka başka ifadelerle anlatılıyordu.

Çoban: "Karnın aç mı? Sana çavdardan yapılmış çoban ekmeği ve keçi peyniri vereyim. Elma ağacını tanırsın muhtemelen, dibinde oturduğun ağaç ise ceviz ağacıdır. Cevizler oldu, daha sonra beraber biraz ceviz de toplayabiliriz. Cevizler hakkında bilgin var mı?"

"Sağ olun, karnım aç değil. Cevizi ceviz olarak bilirim, başka bir bilgim yok."

"Ha; ceviz şudur: Cevizi dede diker, oğlu büyütür, torunları yer. Diken, yiyemez; ondan sonraki biraz istifade eder, torun ise bütünüyle yararlanır. Altında oturduğumuz bu ağaç en az yüz elli yıllıktır."

Çağrı biraz da çekinerek:

"Rüştü Efendi, sizin eğitiminiz ne?"

"Lise ikinci sınıftan ayrıldım."

"Neden ayrıldınız?"

"Babamın ekonomik durumuyla da ilgisi vardı, fakat esas sebep kendimi topraktan ve doğadan koptuğumu hissetmem oldu. Ben tabiattan uzaklaşırsam mutlu olamayacağım duygusuna sahiptim."

"Yalnızlığı tercih etmişsiniz!"

"Yalnız olduğumu kim söyledi?"

"Veya daha az insanla yaşamak gibi."

"Yalnızlık konusunda seninle anlaşmalıyız! İnsanlar yalnızlıktan ne anlıyorlar? Kuşlar gibi hep beraber kalkmak, hep beraber konmak, incir çekirdeğini doldurmayan konularda boş boş konuşmak, zamanı öldürmek için oyunlar oynamak ve bir sürü saçmalıkla ömürlerinin sonunu getirmek mi?"

"Mutlu olmak ve hayatlarını iyi yaşamak istiyorlar."

"Mutluluğu aradıkları yer yanlış! İnsan doğanın bir ürünüdür; ürün parçası olduğu doğaya sırt çevirirse, gerçek mutluluğu asla bulamaz; mutlu olduğunu ve onu bulduğunu sanmak sahte bir yaşamdır."

Çoban, yanında yatan Uğur'un başını okşadı ve:

"Bu veledin böyle kara kuru olduğuna bakma; bazıları öyledir ki, karşısına bir ayı bile çıksa çekinmez, meydan okur. Bazı insanlar da böyledir; kalıba aldanmamak lazım."

Çağrı: "Sürünüz uzaklaştı, gitti, bir sorun olmasın?"

Çoban güldü...

"Dost'un olduğu yerde mesele olmaz. O çok iyi bir çoban köpeğidir. Ne yer ne de yedirir! Sekiz yıldır beraberiz, bir tek vukuat çıkmamıştır."

"Türküyü çok içten söylediniz. Sanki sizinle bir ilgisi var gibi."

"Çok da yanlış sayılmaz. Daha ben tıfılken bizim köye, akrabalarının yanına bir kız geldi ve bir ay kadar kaldı. Ara sıra uzaktan bakışırdık."

"Hiç konuşmadınız mı?"

"Hayır, hiç konuşmadık. Utangaçtık ikimiz de."

"Sonra ne oldu?"

"Olan bir şey yok. Kız bir ay durdu ve sonra yaşadığı şehre geri döndü."

"Bu yanık türkü onu mu anlatıyor?"

"Belki de, ama o duygu bir kıvılcımdı, ateşe dönüşmedi, yanan bir şey de olmadı."

"Peşinden gitseydiniz!"

"Nereye gidiyorsun? Bir ortaokul çocuğu gitse gitse nereye kadar gidebilir? Diyelim gittin, buldun, sonra ne olacak, anası seni oklavayla kovalar. Delikanlı, sen biraz romantik birine benziyorsun!"

"Çok sayılmaz, ancak duyguları önemserim."

"Duygu sadece insanlara özgü değildir, hayvanlarda da mevcut, fakat duygu ölçmeye biçmeye gelmediği için insanı olmadık hallere düşürebilir, aklın kontrolünde olursa sıkıntıya düşmezsin."

"Evli misiniz?"

Gülerek, "Benimle kim niye evlensin! Bekârım," dedi.

"Niye olmasın? 'Herkesin kısmeti, ayrıdır,' derler."

"Kısmet, ararsan çıkar; ne ben kısmet aradım ne de biri beni, kısmet diye gözüne kestirdi."

"Siz evliliği istememişsiniz."

"Ha, şunu bileydin! Sen evli misin delikanlı?"

"Değilim."

"Tahmin etmeliydim. Sen evli olsaydın karın seni böyle tek başına, neyle karşılaşacağın belli olmayan ormanlara, dağlara gönderir miydi?"

"İzin alır, yapardım."

"Bu gençlik gururuyla söylenmiş bir söz, zamanı gelince görürsün."

Çoban iki elinin orta ve işaret parmaklarını ağzına sokup üç defa keskin keskin ıslık çaldı. Çoban köpeğinin yanlarına gelmesi iki dakikayı geçmedi. Boynundaki geniş deri tasmada, başka köpekler veya kurtlarla boğuşurken boğazını korumak için çelikten ejder dişleri vardı. Dost gelince, Uğur tedirgin bir biçimde Çağrı'nın dizlerinin dibine geçti. Çoban köpeği mağrur bir eda ile ona baktı ve bir daha ilgilenmedi.

Çoban kendi erzakının da bulunduğu torbadan bir büyük hayvan kemiği ile küçük tavuk kemikleri çıkarıp köpeğine verdi. Birkaç küçük kemiği de Uğur'un bulunduğu yere attı. İki köpek, kemikleri unufak ederek kısa bir sürede bitirdi.

Çobanın eliyle sürüyü göstermesiyle birlikte Dost, nasıl bir hızla geldiyse, aynı hızla sürüye doğru koşmaya başladı.

Çoban yere bir örtü serip yer sofrası hazırladı. Çoban ekmeği, keçi peyniri, domates, salatalık ve elmalardan oluşan bir sofraydı bu... Çağrı da sofraya bir şeyler koymak istedi, ama çoban bunu şiddetle reddetti. "Ev sahibi, misafirin yiyeceğini sofrada kabul edemez!" dedi.

Yemekte de sohbet devam etti.

"Seninle karşılaşacağımı bilseydim, üzüm de getirirdim. Son birkaç yılda asmalardan çok iyi verim almaya başladım."

"Sizin üzüm tarlanız da mı var?"

"Niye şaşırıyorsun, benim üzüm tarlam olamaz mı?"

"Siz çobanlık yaptığınız için, gelirinizin de çok fazla olmadığını düşündüm."

"Doğru, çobanlık yapıyorum, ama şu uzakta gördüğün sürünün tamamı benim."

Çağrı şoka girmiş gibiydi.

"Sürü sizin mi?"

"Tabii benim. Ne var bunda yadırganacak. Kendi sürümü kendim güdüp otlatamam mı?"

"Çok şaşırdım. İlk defa böyle bir şey duyuyorum. Başka birinin de duyduğunu, gördüğünü sanmıyorum."

"Çoban diye kime denir? Koyun sürülerini, büyükbaş sürülerini, hindi ve kaz sürülerini güdenlere denmez mi? Ben de kendi koyunlarımı güderken çoban, aynı zamanda da mal sahibiyim. Bunu yapmaya zamanım ve gücüm var, niye başkasına bu işi yaptırayım ki!"

"Kuzulama ve süt alma dönemlerinde nasıl oluyor?"

"O dönemde, köyden bu işlerden iyi anlayan bir kadın gelip, gündelikçi olarak çalışıyor. Çok zor ve zahmetli bir iş de sayılmaz."

"Araziniz de var o zaman!"

"Çok büyük olmamakla beraber, küçük bir evi, ağılları, kümesleri, meyveleri, sebzeleri içine alacak kadar yeterli bir toprak parçası."

"Anneniz, babanız, kardeşleriniz neredeler?"

"Annemle babam, ben lise birici sınıftayken, köyden kasabaya giderken devrilen bir minibüste rahmetli oldular. Benden başka bir çocukları da olmamış. Dayımların yanında büyüdüm. Askerden sonra, iki büyük şehirde bazı işlerde çalıştım. Ama ne şehre ne de o işlere ısınamadım. Tekrar buraya döndüm. Şu karşıda gördüğün sürüde, şu anda 425 koyun ve koç, 30 tane keçi var. Yıllar önce bu işe başladığımda sadece üç koyun ile bir koçum vardı. Arıcılık da yapıyorum. 20 kovanım şu anda çamlığın kenarında bulunuyor. Tavuklarım sayılamayacak kadar çoğaldı. –Gülerek– Daha sayayım mı?"

"Size, çiftlik sahibi demek uygun olur sanırım."

"Hiç fark etmez, ister çiftçi de ister köylü, ister çoban. Ben yaptığım işi bilirim ve toprağın hakkını veririm. 'Ana' lafı, toprak için boşuna söylenmemiştir. Yeter ki emek ver, ter dök, becerikli ol ve iste... O ne istersen yapmaya hazırdır. İste, yeter ki sen iste."

Çağrı önce gülümsedi ve sonra:

"Size deli lakabı verenlerde akıl olmadığı anlaşılıyor, şunları duyduktan sonra."

"Onlar, benim azimle ve sabırla elde ettiğim şeyleri gördükçe, akılları almadığı için böyle söylüyorlar. Ben seviniyorum, çünkü böylece kalabalıktan ayrılmış oluyorum. Kalabalıklardan hoşlanmam; tesadüfe bak! Başını kaldırıp bakar mısın, şu anda gökyüzünde gördüklerin sığırcıktır. Ne kadar kalabalıklar değil mi? Sebebini söyleyeyim! Ancak bu şekilde kendilerini güvende hissediyor ve topluca bir şeylerin üstesinden gelebilecek yeteneğe sahipler. Sen hiç yan yana uçan bir yırtıcı türü gördün mü? Göremezsin, onların kalabalık olmaya ihtiyaçları yoktur."

Çağrı düşündü; önce, yaşamı şehirde geçmiş, eğitimli, başarılı bir adam, inandığı ve vazgeçmediği gerekçelerle şehri terk ederek doğaya dönen Asım Bey'le; bugün de, kırsalda büyümüş ve ondan vazgeçmeyen, kazancını da topraktan sağlayan, eğitim alamamış Rüştü Efendi'yle karşılaşmıştı.

Doğaya çıktığı günden bu yana, bir çok şey görmüş, yaşamış ve hissetmişti, ama bu iki kişiye rastlamayı kendisi için büyük bir nimet ve şans olarak değerlendiriyordu.

Kısa bir suskunluktan sonra Rüştü Efendi:

"Ağaca çıkmasını bilirim,
Tanırım meyvenin olmuşunu,
Taş kırmak da gelir elimizden,
Ateş yakmak da, aş pişirmek de"

diye bir dörtlük okudu, sordu:

"Bu şiir kime ait? Tam da beni anlatıyor."

Çağrı bilmiyorum anlamında başını salladı.

"Cahit Sıtkı Tarancı'nın," dedi.

"Pekiyi, bu kimin?"

"Benzemez insan dostlarıma
Ağaçlar gölgesini esirgemez
Güneş köpekten daha sadık
Dizlerime sıçrar, ellerimi ısırır,
Karşılık beklemeden.
Hele kuşlar!
Avcılara bile kin beslemezler."

Çağrı kendisini, öğretmen karşısında sınava tabi tutulan bir ilkokul çocuğu gibi hissederken, Rüştü Efendi onun cevabını beklemeden.

"Bu şiir Oktay Rıfat'ın," dedi.

"Çok kitap okuduğunuz, açıkça meydanda."

"Koyun güderken ve her iş bittikten sonraki zamanda ne yapacaksın? Elbette okuyup bilmediğin şeyleri öğreneceksin."

"Böyle bir arazinin ortasında yaşarken, kitapları nasıl takip edebiliyor ve bulabiliryorsunuz?"

"Çok kolay! Benim ilçedeki okullardan birinde okul müdürü olan bir arkadaşım var. Bizim köyden bir çocuktur. Okudu, öğretmen oldu, döndü dolaştı, ilçedeki okullardan birine müdür diye geldi. Ona liste ve para gönderiyorum, o da yayınevlerinden isteyip alıyor ve bana gönderiyor. Yıllardır bu sistemi çalıştırıyorum."

"Pratik bir yol bulmuşsunuz."

"Bende okuma açlığı var. Buna, ister eğitimini yarım bırakmış bir çocuğun doyumsuzluğu deyin, isterse öğrenme aşkı deyin; bu böyle."

"Bence doğru işte sebep aranmaz."

"Yalnız; buz, yağmur, kasırga, çiğ, çığ, su, kaya, rüzgâr, tepe, tarla, kaynak, dağ, ova, nehir, otlak, orman, bahçe, tomurcuk, dal, çiçek, nergis, karanfil, yasemin, selvi, akasya, lale, sarmaşık, yosun, erik ağacı, buğday, ayva, nar, yemiş, kestane gibi meyveler, çiçekler ve bitkiler âlemiyle doğal olaylar benim birebir yaşadığım ve iç içe olduğum şeylerdir. Bu konularda kitaplara ihtiyacım yok... Bunlar, her gün hayatımın birer parçası."

"Bir başkası, daha ne olsun diyebilir."

"Öyle derse, yanlış yapar. Öğrenilmesi gereken o kadar şey var ki, yarım yüzyılı aşkın bu hayattayım, bilebildiklerim; denizden alınan bir kova kadar su dahi sayılmaz."

Konuşmalar sürerken iki alaca karga gelip altında oturdukları cevize kondular, gevezelikte birinin diğerinden aşağı kalır tarafı yoktu. Çok geçmedi, üç tane daha gelip ilk gelenlere cırtlak sesleriyle katıldı. Uğur havlayarak onlardan rahatsız olduğunu ilan etti, fakat tepedekilerin umurunda bile olmadı onun bu çıkışları.

Rüştü Efendi, "Bunlar cevizi çok sever, biliyor musun?" dedi.

"Niye daha çok cevizi seviyorlar?"

"Diğer meyvelerden daha lezzetli de onun için."

"Şimdi ağaçtan ceviz mi alacaklar?"

"Öyle, önce cevizi ayak tırnaklarının arasına sıkıştıracaklar, sonra gagalarıyla cevizi dalından kesip koparacaklar, alıp götürecek ve sert bir şeyin üzerinde kırıp yiyecekler."

"Ağaç ceviz dolu, birbirleriyle niye dalaşıyorlar?"

"İnsanlar da böyle değil mi?"

Çağrı, Rüştü Efendi'nin dediklerini kargalar nasıl yapacak acaba diye görmek üzere ayağa kalkınca, kargaların hepsi birden çığlık çığlığa bağırarak, uçup gitti...

Rüştü Efendi: "Doğada insan eliyle dikilmeden ne kadar büyüyen ceviz varsa, onları var eden kargalarla, sincaplardır. Kargalar ağaçtan kopardıkları cevizi havadan kırma noktalarına taşırken düşürüp sonra da bulamayınca, sincaplar da aldıkları cevizi bir nedenle kaybedince toprak cevize sahip çıkar ve onu besleyerek filiz, fide ve ağaç haline dönüştürür."

"Çarpıcı bir bilgi," dedi Çağrı.

"Doğanın her sonucu çarpıcıdır."

"Türün devamlılığını sağlıyorlar bir şekilde demek ki."

"O dediğini sadece kargalar ve sincaplar yapmıyor ki, arılardan böceklere birçok canlı bu hizmeti sağlıyor, özellikle de kuşlar."

"İnsanların bu konuda yaptıkları küçük kalıyor o zaman!"

"İnsanların yaptıkları tek şey tüketmek, hazır ne varsa tüketmek. Olanları da yok etmek. İnsanların doğada çoğalttıkları bir şey olmadığı gibi, faydalı ne varsa onun neslini tüketmekte üzerine başka bir canlı çıkmaz. Evliya Çelebi, Anadolu için ne diyor: 'Van'dan bir ağacın üzerine çıkan, hiç toprağa basmadan ağaçtan ağaca geçerek İskenderun'a kadar gidebilir.' Şimdi, nerede onun tarif ettiği Anadolu, bilen gören var mı?"

Rüştü Efendi sürüye başını çevirdi. Koyunlar sol taraflarında kalan çayın kenarında sıra sıra bulunan kavak ve söğüt ağaçlarının altına doğru hareket ediyorlardı.

"Öğlen sıcağı bastırdı, hem gölgelere çekiliyorlar hem de su içecekler," dedi.

Dost da en geriden kalanların gerisinden onların bu hareketine refakat ediyordu.

"Sürüde hiç kuzu yok galiba," dedi.

"Hepsi büyüdü ve yetişkin koyun oldu. Beş altı ay onların büyümesine ve yetişkin gibi görünmelerine yeter."

"Siz kuzu da satıyor musunuz?"

"Asla!"

"Neden?"

"Onların daha büyümeden kesilmelerine meydan vermem."

"Ama her yerde kuzu pirzola, kuzu kebabı diye kuzu eti satıyorlar!"

Rüştü Efendi'nin yüz kasları gerildi, dişlerini sıktı, gözlerinden şimşekler çıkar gibi oldu.

"Anlamıyorum bu insanları, anlamak için bir gayretim de yok zaten. Bir yandan kuzuları sevmek, onların masumluğuyla mutlu olmak istiyorlar, diğer taraftan da onları kesip yemek için can atıyorlar. Bu iki durum akıl almaz bir çelişkidir ve normal değildir. Kuzuların erginleşip büyümelerine bile tahammül edemeden onları yemeyi düşünebiliyorlar ve bunu yapıyorlar. Bu gözü doymazlığı reddediyorum. Beni tanıdıkları ve huyumu bildikleri için bu civardan tek bir kişi bana kuzularımı almak için teklif yapamaz. Ekonomik olarak da zararlı, on beş kiloluk kuzuyu niye kırk elli kiloya gelmesini beklemiyorsunuz? Aynı şeyi kümes hayvanları için de yapıyorlar. Civcivler için 'canım, cicim' diye ölüyorlar, biraz büyüyünce de piliç diye kesip yiyorlar."

"Biraz düşününce, insan söylediklerinizin ne kadar doğru ve isabetli olduğunu görüyor."

"Düşünüyorlar mı? Hiç sanmıyorum. Bunun düşünceden önce vicdanla ilgisi var."

"Bütün beslenme ihtiyacınızı kendiniz mi yetiştirerek karşılıyorsunuz?"

"Un, şeker ve tuz hariç, evet. Onları pazardan karşılıyorum."

"Buğday yetiştiremez misiniz?"

"Yetiştirebilirim, ama ona geniş arazi lazım. Un temin etmek kolay. Buğday değil, ama mısır yetiştiriyorum. O da kendime yetecek kadar; tavuklar için de kışın gerekiyor. Kışın koyunlar için lazım olan otu da köylülerden satın alıyorum. Onlar da para kazanmış oluyorlar, bunu özellikle köylüler bu yoldan da para kazansınlar diye yapıyorum. Yoksa, bir otlak kiralar, biçtirir, koyunların ihtiyacı olan otu kendim elde edebilirim. Ama o zaman da köylü para kazanamaz."

"Her işiniz planlı ve hesaplanmış görünüyor."

"Bir marifet sayılmaz."

"Yalnızlık hissetmiyorsunuz, ama zaman zaman keşke arkadaşlarım olsaydı diye düşündüğünüz hiç olmuyor mu?"

"Benim kadar çok arkadaşı olan başka birisi var mı?"

"Anlamadım!"

"Anlaşılmayan ne var ki? O kadar çok arkadaşım, hatta arkadaştan da öte o kadar çok dostum var ki, bende olan kimsede yok!"

Çağrı bunun arkasından nelerin geleceğini az çok tahmin etti, ama gene de sordu:

"Kim bunlar?"

"Kim mi? Önce göktekiler, sonra toprağın üstündekiler, hatta toprağın altında olanlar. Güneş, ay ve yıldızlar. Ormanlar, ağaçların her çeşiti, bitkilerin de; sayısız mevsim çiçekleri, kuşların her türü, yağmurlar ve dolu, tanelerini sayamadığım kar, cins cins hayvanlar, zaman zaman bulutlar ve her yönden esen rüzgârlar, tutup göremediğim kokular. Daha ne olsun!"

"Böyle diyeceğinizi tahmin etmiştim!"

"Şimdi düşünün bakalım. Çoban ben miyim, yoksa sürünün yanında olan Dost mu? Ben, evin yanından ve ahılın bulunduğu yerden, 'Al bunları otlat ve geri getir, Dost,' desem köpeğe, bu onu, geliş gidiş zamanlarını da asla şaşmayacak şekilde kusursuz yapar ve yıllarca, sabırla bu işi götürebilir. Hem de hiçbir hayvan kaybına neden olmadan gerçekleştirebilir. Farz edelim ben bu iş için birine çobanlık yap, sana şu kadar para vereceğim desem; mutlaka yapacaktır. Ona, para vermek de yetmez; doyuracaksın, yatıracaksın ayrıca. Ben, Dost'a ne veriyorum? Sadece yiyecek. O, bu işi yapmakla da kalmıyor, adı üzerinde sadık bir dost aynı zamanda."

"İnsanın insana ihtiyacı yönünden bakmak istemiştim."

"Bu, insana bağlı. İnsan, doğasındaki her eksikliği dışarıdan karşılamak ister. Ben, bu eksikliği tek ve kendi türüne bağlı olarak değil, kâinatın tüm varlıklarıyla karşılıyorum. Zengin olan benim, bir türe bağlanmadığım için!"

"Sizden beklenen bir açıklama."

"Güzel, sen ne arıyorsun, anonim tabirle: 'Kervan geçmez, yol bulunmaz bu dağ başlarında?' Bir şeylerin peşindesin, arayış içersindesin, bulmak, yakalamak istiyorsun. Seni buralara savuran düşünce ve duygu doğru, ama henüz işin başındasın, sağlam bir yoldasın, bunu bilesin."

"Toprak da sevilmek ister mi?"

"Toprağın sevilmeye ihtiyacı yok! Çünkü onda olmayan bir şey yok. Ayrıca, toprak ne kadar sevilirse sevilsin umursamaz, bir fazla tane vermez. Şiddetli yağmurlar tohumları çürütür, dolu yağdığında filiz halindeki buğdayları biçer, bora sapları yatırır, mevsim iki ay kurak gitse başaklar cılızlaşır, ürünü böcekler kemirir, soğuklar öldürür, arsız otlar her yanı kaplar."

"'Doğanın dili' demek istiyorsunuz."

"Onu kastediyorum. İnsan, kafaca ve gövdece büyük yükler altında ezilmeden hiçbir şeyi anlayamıyor; sonunda, kendini sırılsıklam budala gösterecek davranışlar sergiliyor."

"Kendi dillerinde doğru dürüst anlaşmayı beceremeyen insanlardan 'doğanın dili'ni anlamalarını beklemek biraz ütopik olmuyor mu?"

"Doğanın, insanlar beni anlasın diye bir derdi yok. İnsanlar, onun umurunda bile değil. İnsanlar hangi istikamet ormana, hangi istikamet nehre, hangi yön denize, hangi yön doğaya, hangi yön göllere çıkar; bunu tayin edemiyor ki tabiatın dilinden anlasın. Doğa, insanın içinde olan bir boşluğu doldurmak için en elzem ihtiyaçtır. Bunun farkına varamayanlar, doğaldır ki onun dilinden de habersiz olacaklardır. Arasalar bulabilirler, aramıyorlar ki."

"Aramak, merak etmek!"

"Hayatın anlamını aramıyorlar, kaç yaşına gelinirse gelinsin hayatın maddi ve manevi anlamının peşinde bir tazı gibi koşmaları gerekir. İlk yapılacak şey, hayvanlarla iletişim kurmaktır. Bu konuda zır cahiller. Mesela çoban denilince herkesin ilk algıladığı şey nedir? İnsanın en saf ve en temiz durumudur, insanın özüdür; tanımı akla gelir. Bu çağrışımı var eden faktör, çobanın hayvanlarla empati yapabilmesi, onları anlamasıdır. Durum buysa, niye herkes çoban gibi en saf ve temiz bir ruh ve huya sahip olmaya çalışmıyor?"

"Bu örnek de çok çarpıcı."

Rüştü Efedi bir kahkaha atarak, "Sen de kardeşim her şeye 'ilginç, çarpıcı, doğru' demekten başka bir şey yapmıyorsun. Biraz itiraz et, biraz olmaz de, biraz karşı çık," dedi.

"İtiraza neden olabilecek bir şey duysam yaparım da, böyle bir durum yok. Aksine, büyük dağ rüzgârlarının doruklarında uçuyorum gibi hissediyorum."

"Aynı yerde kalmak için koşabileceğin kadar koşman gerekir. Eğer başka bir yere gitmek istiyorsan bundan en az iki kat daha fazla koşman gerekir."

"Şöyle veya böyle, öğrenme merakına ihtiyaç var."

"Gerçekleri görmek için fırsat kollayan birine doğrular öğretebilir."

Asaf Bey'in sözleri bir kez daha aklına geldi Çağrı'nın...

"Kafesten kurtulmayı akıl edemeden, kurtulmak için de bir gayreti ve çabası olmayacaktır," dedi.

"Bir tek büyük ihtiras ruhu kapladığı an geriye bir şey kalmaz. İnsanın içinde iki ihtirasa yer yoktur."

Çağrı atmacayla ilgili macerayı anlatınca Rüştü Efendi, "Acıma, iyi bir insanın ilk tepkisidir," dedi.

Rüştü Efendi ayağa kalktı, yerden bir taş alıp cevizin ilk dallarına fırlatınca iki ceviz yere düştü. Birini, iki taşın arasına sıkıştırarak kırdı. Taze beyaz bir ceviz çıkınca bunu Çağrı'ya uzattı:

"Bak bakalım, beğenecek misin?"

Çağrı iki parçalı cevizin bir parçasını ağzına atıp çiğnedi."

"Çok güzel," dedi.

Diğer cevizi de Rüştü Efendi yedi.

"Cevizin, bu dış yeşil kabuğunu ellerinle soymaya kalkarsan, onun boyası haftalarca ellerinden çıkmaz, kınalı gelinler gibi dolaşır durursun. Ayıklamayı ellerini boyamadan yapmayı bilmek lazım," dedi.

Çağrı daldan birkaç ceviz düşürüp onları ellerini boyamamaya özen göstererek ayıkladı.

Rüştü Efendi, "Cevizlerin toplanma zamanı geldi. Sahipleri bunları en geç bir hafta içinde toplar, yan taraftaki elmaların da artık toplanma zamanı gelmiş, on beş gün sonra ne ceviz ne de elma ağaçlarında meyve görmek mümkün olur," dedi.

Birkaç tülden farksız bulutlar güneşin önünden gelip geçti, arkası gelmedi. Hava da bir basıklık vardı. İkindi vakti sayılırdı, güneş de ufka meyillenmişti.

Rüştü Efendi: "Sen hiçbir bağ ve köy evi gördün mü?"

"Hayır," dedi Çağrı.

"Gel o zaman sana bir fakirhane göstereyim."

"Hiç düşünmemiştim."

"Düşünme iyidir, karar ise en iyidir. Karar ver bakalım," diye gülümsedi.

"Görmek isterim, tabii."

"Banyo vs. gibi ihtiyaçlarını da gidrirsin. İstersen çamaşırlarını yıkarsın."

"Size zahmet vermiş olmayayım?"

"Ne zahmeti? Sen gerçeği aramaya çıkmış bir insansın, sana yardımcı olabilmek de gerçek yolunda beraber olmaktır. Seni sırtımda taşımıyorum ki zahmet olsun."

"Teşekkür ederim."

Torbasını omzuna asan Rüştü Efendi, sürünün bulunduğu yere doğru yürümeye başladı. Çağrı ve Uğur da arkasından onu takip etti.

Oturdukları yerden biraz uzaklaşınca Rüştü Efendi iki keskin ıslık çaldı. Bunu duyan Dost, sürünün etrafında geniş bir daire çizdikten sonra koyun sürüsünü onların bulundukları yere doğru harekete zorladı. Önce yavaş olan sürü Dost'un her iki yana heyecan dolu koşuşmaları sonunda hızlandı.

Bir şahin, sürünün otlayıp boşalttığı alanı yüksekten süzülerek gözetledi. Biraz alçaldı ve tekrar havada sabit hale geçti. Aradığını bulamadığı için de biraz daha alçalarak çayın etrafında dizi dizi yer alan söğüt ağaçlarından birine kondu...

Rüştü Efendi'nin evi ve arazisi karşıdan görüldüğünde, güneşin de feri sönmek üzereydi...

10. Bölüm

Botanik bahçesinden farksız, ama bağ diye tanımlanabilecek bir arazi kesiminin ortasında beyaz badanalı, tek katlı uzun bir ev, onun biraz uzağında da etrafı ahşap çitlerle çevrili, kapalı ve açık bir ağıl vardı. Ağılın hemen bitişiğinde ise bilinenlerden çok büyük bir kümes bulunuyordu.

Bağın çepeçevre etrafı da çit bitkileriyle kaplıydı. Bağda yok yok gibiydi. Arazinin bir bölümü elma, ayva, şeftali, armut, nar, kiraz, erik, incir, zeytin ve üzüm asmalarıyla bir meyve ormanını çağrıştırırken, diğer kısmı da her çeşit sebzelerle bezenmiş haldeydi.

Beyaz badanalı evin giriş bölümü boydan boya sundurma ile kaplı, çift bacalı damı kırmızı kiremitliydi. Bağa girdiklerinden kısa bir süre sonra ağılın bulunduğu yönden yoğun bir saman ve taze ot kokusu geldi. Bir horoz türküsünü söylemeye başladı, eski saçaklarının altına yeşil bir kuş girdi.

Koyunları ağıla soktuktan sonra eve girdiler. Tek katlı uzun ev, bir salon ki bir baştan diğer başa upuzun koskoca bir alan ile iki oda ve bir banyodan meydana geliyordu. Salonun cephesinde dört, odaların her birinde ikişer pencere vardı. Evin çerçeveleri dahil her tarafı ahşaptandı. Salonun soldaki enli kısmındaki dev ocağın tabanı kara siyah taşlarla kaplı yakınında da istif edilmiş odunlar bulunuyordu. Salonun duvarlarına aralıklarla asılmış gemici fenerleri ve gaz lambaları vardı.

Çağrı'ya odasını gösterirken Rüştü Efendi:

"Banyo suyu gazla ısıtılıyor, ama güneş panelleri suyu daima sıcak halde tutuyor. Bir bak bakalım, belki de sana uygun gelebilir."

"Teşekkür ederim. Çok sıcak olmasına gerek yok."

"Çamaşır, çorap gibi kıyafetlerini yıkamak istersen sabunlar da şurada," diye gösterdi Rüştü Efendi.

"Yıkasam iyi olur."

"Kalıbımı basarım, sen daha önce hiç çamaşır yıkamamışsındır," diye güldü.

"Haklısınız, ilk kez yapacağım."

"İyi işte. Bir daha makineye muhtaç olmazsın. Leğen duvarda, görüyorsun."

Çağrı hazırlık yaparken, Rüştü Efendi, "Benim, ağılda ve kümeste bazı işlerim var. Dışarı çıkıyorum, sen rahatına bak," diyerek evden ayrıldı.

Akşam yemekte, doğada olup da sofrada olmayan tek şey, kuş sütüydü!"

Çağrı, "Günlerdir böyle bir yiyecek zenginliği görmemiştim. Daha doğrusu, bu derece doğal yiyeceği bir arada hiç görmedim," dedi.

"Her zaman da ben böyle sofra kuruyorum sanma, bunların hepsi, biraz da sen varsın diye sofradalar. Yemekten ziyade, senin neler yetiştirilebiliyor gözünle görebilmen için hazırladım. Dünyada hiçbir lüks lokanta bunları aynı anda, aynı tazelikte servis edemez."

"Haklısınız... Elinize sağlık, ama ben mahcup oldum."

"Mahcupluk bir şey yok. Madem doğayı keşfe çıkmışsın... Toprağın ve hayvanların insana neler bahşettiğini görmelisin. Aslında kentlerde de bunları bölük pörçük görmek mümkün, tabii bu doğallık ve tazelikte olmamak şartıyla. Üstelik bir kamyon para ödeyerek."

"Ama gene de bir emek ve işçilik gerekiyor, siz bunları elde ederken."

"Emek ve işçilik! Gönülsüze zor gelir. Toprak sevgisi varsa, rüzgârı bile avlarsın..."

"Köylerde kimsenin kalmadığı söyleniyor."

"Doğru. Şurada, ötede çok uzak olmayan bir yerde bir köy var. Eskiden yirmi beş otuz hane vardı, şimdi beş altı evin ocağı ancak tütüyor. Yaşayanları ise artık toprağın istediği güce sahip olmayan yaşlı insanlar. Hâlâ buradalar, doğdukları toprakta ölüp gene bu toprağa gömülmek istiyorlar. Her ne kadar makineleşme olsa da toprak, güçlü kuvvetli insanlar ister. Gençlerin buralardan kaçma nedeni sadece tembelliklerinden değil, uygulanan tarım ve hayvancılık politikalarının da beş para etmezliğinden kaynaklanıyor. Bugün dünyada sekiz milyar insan yaşıyor, bunu örnek olarak söylüyorum; günde harcadıkları yüz doların ellisi nereye gidiyor, biliyor musun? Ben söyleyeyim, beslenmeye gidiyor. Bugün herkes tutturmuş, petrol aşağı petrol yukarı. Çok uzun sürmeyecek, gelecekte bu insanlar 'besin de besin' diyecekler, su başta olmak üzere..."

Rüştü Efendi uzun bir kahkaha attıktan sonra, "Petrol yiyip içerek yaşasınlar bakalım, nasıl yaşayabileceklerse!"

"Siz dışarıdayken gözüme raflardaki kitaplar ilişti, birçoğu dünya klasikleri, tarıma ve hayvancılığa ait çok miktarda eser var."

"Bilgi sonsuzluk. Her ne kadar bu işlerin içinde yetişmemize rağmen, öğrenip bilebildiklerimiz devede tüy kadar kalıyor. Maymun ekmeği ağacı diye bir ağaç varmış ve bu ağacın üzerine dünyada başka bir ağaç yokmuş; bunu yeni öğrendim mesela. Afrika savanalarında yetişen en iri gövdeli ve çok uzun ömürlü bir ağaçmış."

Çağrı: "Sonbahar da geçip gidiyor," dedi.

Rüştü Efendi:

"Sonbaharın akşam saatlerinde
Sonbahar deresinde otlar soluyor
Sonbahar yapayalnız
Susmakta uzaklar
Girmişiz bizi kovalayan dünyaya
Her şey önceden görülmüş
Biz gidiyoruz

Toprak ise kalıyor
Rüzgârın yollarında
Anıların sisleri içinde..."

Bunu hissederek dillendirdi.

"Bir şiir, doğayı ve içindeki insanı ancak bu kadar güzel anlatabilir."

"Ah, keşke anlayabilseler."

"Zorlanıyorlar, değil mi?"

"İnsanlar uzun bir yola çıkmış, ama hedefine hâlâ varamamış bir yolcudan farksız."

"Sizin gibi insanlar fırtına ortasında türkü söyleyen kuşlardan farksız gibi geliyor bana."

"Bizimki beyaz çığlıklar! Bayırdaki ağaç gibiyiz."

Rüştü Efendi, alnında biriken ter damlalarını hafifçe silerken: "Ne kadar da küçük bir dünya! Kervan ise yürüyor," dedi.

"Siz, su katılmamış bir toprak seversiniz."

"Güneşin gözü altında, gök ve toprak birbiriyle oynuyor; ağaç ateşle oynayamaz. Saptan samandan her şeyi hatırlayıp, kendilerini unutuyorlar. Budalanın hayatı ölümden beterdir!"

Giriş kapısının önünden Uğur'un kesik kesik havlamaları geldi.

Rüştü Efendi, "Seninki, beni içeri al diyor," dedi.

"Dışarıda kalıp alışsın biraz."

"O daha yavru sayılır. Dışarıda kalıyordu, ama seninle beraberdi. Seni görmeden kendini iyi hissetmiyor. Almazsan, sabaha kadar havlamayı sürdürecektir. Bu da Dost'un canını sıkabilir. Bence kapıyı aç ve onu içeri al."

Çağrı kapıyı açar açmaz Uğur ok gibi içeri daldı, biraz sağa sola seyirttikten sonra, Çağrı'nın yanına gelip, memnun bakışlarla yere yattı.

Çağrı: "Elektrik olmasına karşın, gemici feneri veya gaz lambası da kullanıyorsunuz anladığım kadarıyla."

"Doğru. Jeneratörüm bile var. Güneş panellerim var, çatının öbür yüzünde su depom, su kuyum var; fırınım var, saç ekmeği de yaparım."

"Her şeyi garantilemişsiniz," diyerek güldü Çağrı.

"Tırnağı olan başını kaşısın. Teknoloji iyi de bir yere kadar. Bir gün biri fişleri çekse, bu insanlar ilkçağlara geri döner. Dönerler de, ilkçağdaki gibi yaşayamazlar ki, tedbirleri yok. Şehirlerdekilerin vay haline!"

"Bir gün böyle bir şeyin olacağına cidden inanıyor musunuz?"

"İnanmak ne demek, biliyorum. Dünya ısınıyor, kuraklık kapıda. Buzullar usul usul eriyor. Yirmi beş bin yıl önceki Nuh Tufanı yeniden yaşanacak. Olay dünyanın deviniminden başka bir şey değil, zaten olacaktı, ama bu insanoğlu doğayı anlayamadığı ve çözemediği; ayrıca açgözlülüğü nedeniyle bu kaçınılmaz hadiseyi öne çekmek için elinden geleni yaptı."

"Hayvanlar âleminin en becerikli canlısı hangisi size göre."

"Karıncalardır."

"Karıncalar mı?"

"Evet, onlardır."

"Bunu kime sorarsak soralım, uçan ve yürüyen yırtıcılardan birini söylerdi."

"O bilmek değil, sanmak olurdu."

"Sebebi ne karıncalar olmasının?"

"Dünyada yaklaşık 9500 tanımlanmış karınca türü vardır. Gerçekte bu sayının iki üç katı karınca türü olduğu kabul edilmektedir. Karıncalar gezegene hâkim en küçük boy canlılardır. Dünyada yaşayan karıncaların ağırlığı; kuşlar, sürüngenler ve memelilerin toplamının dört katı daha fazladır."

"Bu derece ağırlık inanılır gibi değil."

"Bütün hayvanbilimciler için sıradan bir bilgidir bu. Karıncalar, böcekler âleminin en bıçkınıdır, kendi boyutlarındaki küçük hayvanların başlıca avcısıdır. Karıncalar 'mezarlık timi'dir, küçük hayvanların yüzde doksanından fazlasının leşini kaldırır. Toprağı solucanlardan daha fazla taşır ve zenginleştirir. Karıncalar dünyada 100 milyon yıldır var, 50 milyon yıldır da en kalabalık nüfusa sahip böceklerin başında gelmektedir."

"Marifetli bir böcek!"

"Böcekler olmasa, toprak 'hiç' olur."

"Yani?"

"Yanisi şu: Toprak taş gibi olur, ölür; betona benzer, toprakla yaşam biter, dünyada canlı kalmaz. Böcekler toprağı yaşatır ve ona hayat verir."

"Bir yaşıma daha girdim!"

"Böyle her yeni bilgiyle sen bir yaş daha alacaksan; bu doğa gezin biterken ihtiyar bir adam haline dönüşmenden korkarım," diyen Rüştü Efendi kısık kısık güldü...

"Beklenmedik bir bilgiydi."

"Karıncaların toplumsal örgütlenmedeki yetenekleri, onlara rekabet üstünlüğü sağlamış ve diğer böceklere baskın çıkmışlardır. Bir karınca kolonisi devasa bir ordu halinde beslenme alanını yorgan gibi örter, yiyecek toplar, düşmanları yuvalarına yaklaşmasın diye onları meşgul etmek için akıncılar gönderir. Tüm düşmanlara meydan okunur, ağaçtan düşmüş gafil bir tırtıl hemen yuvaya taşınır. Bütün işleri paylaşarak büyük bir beceriyle yaparlar, en kısa zamanda yaparlar, koloni uğruna kendi hayatlarını intahar hamleleriyle riske atabilir, hatta feda edebilirler."

"Aynı zamanda savaşçılar da, sadece çok çalışkan değiller demek."

"Hem de nasıl savaşçılar! Yaşamın, savaşın ta kendisi olduğu bilincindedirler. Bunu da çoğunlukla toplu savunma ve savaş meydanını takviye ederek yaparlar. Kullandıkları taktiklerin inceliği ile en iyi savaş uzmanıyla boy ölçüşebilecek düzeydedir. Karıncalar, yalnız olsun, toplumsal olsun, bütün hayvan grupları arasında en savaşçı olanlardır. Çoğu karınca türü sık sık bölge savaşlarına tutuşur. Rakiplerinin yuvasını bulunca kendi kolonilerinden takviye getirir, yuvanın ağzını kuşatır, deliğin yanına taş parçaları taşıyıp aşağı yuvarlarlar, dışarı çıkışları engellerler."

Çağrı, "Geçen gün tarlaların birinde karıncalara rastlamış ve onların becerilerini izlemiştim. Şu dinlediklerimi bilseydim, daha farklı bir gözle bakardım."

"Daha çok karıncalar görürsün, ama onların tüm yeteneklerini aynı zaman diliminde ve koşullarda görmeye imkân olmayabilir. Bu başlı başına bir araştırma ve takiple mümkündür."

"Bizim gözlemlerimiz yüzeysel tabii, fakat şu verdiğiniz bilgilerle insan daha başka bir gözle bakacaktır."

"İşçi karıncalarda çene altından gövdenin büyük bir kısmını kapsayacak gibi kimyasal yapışkan bir madde doludur. Düşman saldırısına uğradıklarında ve aşırı zorlama altında, karın kaslarını sıkarak, yürüyen bir el bombası gibi düşmanlarının yüzünde patlayabilirler. Bu karıncalardan biri birkaç düşmanın hayatına karşılık kendi hayatını verebilir."

"Siz, karıncaların yeteneklerinin ne kadarını görebildiniz?"

"Farklı karınca türlerinin yaşadıkları coğrafyaya uygun teknikleri olduğu anlaşılıyor. Ama temel nitelikleri her türde aynı. Benim anlattıklarım temel özellikler. İzlenimlerin arasında; yuvalarını savunma, disiplinli çalışma, paylaşma, diğer böceklerle yiyecek kavgaları ile o mücadeleyi kazanma azimleri var. Bütün bunlar için saatlerce onları durarak izlemeniz gerekir. Aksi halde, bir sürü karıncayı öteye beriye hareket halinde görürsünüz, o kadar."

"Önce yuvalarını bulup oradan başlamak gerekiyor herhalde."

"Yuvaları bir fabrikadan farksızdır. Bir kale içine de benzetilebilir. Yuvanın içinde kraliçe ve bakıcı-işçi arılar, yavruları büyütmek ve nüfusu artırmak için hummalı bir faaliyet yürütürler. Yuva, düşmanları uzak tutacak bir şekilde inşa edilmiştir. Genellikle çok saldırgan bir işçi kuvveti tarafından korunur. Bunlar aynı zamanda yuvanın etrafındaki yiyecek topladıkları geniş alanı da kontrol ederler. Dahası, yapımı enerji bakımından çok pahalıya gelen yuvayı, bölgeyle birlikte sonraki kuşaklara bırakabilmektir. Bütün bu hayranlık uyandıracak kadar karmaşık faaliyetler içgüdüseldir ve genlerle belirlenmiştir. Öğrenilmeleri ya da kültürel olarak aktarılmaları imkânsızdır."

Dost ardı ardına birkaç kez havladı. Yattığı yerden fırlayan Uğur, kapıya doğru fırladı ve kulaklarını dikerek olup biteni anlamaya çalıştı.

Rüştü Efendi, "Köyün başıboş köpekleri geceleri sürü haline gelip etrafta dolaşırlar. Onların sesini veya kokularını aldı herhalde, 'Yaklaşmayın buralara,' diyor."

"Buradan ayrılıp onların bulundukları yere gitmez mi hiç?"

"Asla yapmaz. O vazifesini bilir. Evin önünde durur, ama aklı fikri koyunların ağılındadır. Gece ara sıra gider ağılın etrafını kontrol eder, evin yanındayken de kulakları ağılın bulunduğu yerden gelebilecek en küçük bir sestedir."

Rüştü Efendi kalktı, ocakta kaynayan çaydanlığa gitti.

"Gecenin neredeyse yarısı uçuverdi. Birer bardak daha çay içelim," dedi.

Çay içmeleri birer bardakla kalmadı. İkinci bardaklarını yudumlarken, önce uzaktan sonra da, sanki tepelerinin üstündeymişçesine göçmen kuşların kimisinin pes kimisinin de cırtlak sesleri duyulmaya başladı.

Rüştü Efendi, "Hava da açık, bunlar zorda kalmasa yere inmek için yaklaşmazlar, demek ki çok yorgun düştüler. Bunların da işi zor," dedi.

"Geçen gecelerin birinde yağmur altında, ortalık göz gözü görmezken ormanların içine bile inmek durumunda kalmışlardı."

"Göçe geç kalmış ve çok uzaklardan kalktılarsa, yorgunluktan iyi hava koşullarında da yere mecburen inebiliyorlar. Bütün gün yerde geceyi bekleyecekleri için, yarın bu gariplerin bir kısmı, yırtıcı kuşların bir kısmı da avcıların avı olmaktan kurtulamayacak. Bu da doğanın başka bir yasası. Tanıdım seslerinden; içlerinde turnalar da var."

Rüştü Efendi birkaç dakika ağız mızıkasıyla melodiler çaldı ve sonra:

"Uçup gidiyor,
Güneye doğru turnalar,
Bu yolculuklarında bir elveda var
Çığlıklarında da bir keder

Sessiz kalışlarında fısıldamalar
Yalnızlıklarında dostluk tüter.
Uçup gidiyor
Güneye doğru turnalar."

diye bir şiir okudu.

11. Bölüm

Çağrı uyandığında güneş toprağı ısıtmış, ışıklarını ormanların içine çoktan göndermişti. Salona geçmek için hazırlanırken, kapısına iliştirilmiş bir yazı görüp okudu...

"Buradaki işlerimi bitirdim. Sürüyü başka bir otlağa götürüyorum. Sana bir yiyecek çıkını bırakıyorum."

"'Küçük bir ova
Durgun bir dere
Kuş cıvıltısı bu,
Dallardan birinde
Rüya gören bir bülbül olacak.
Çiçekler, renk ve kokuların
Kuşları olmuş.
Okşuyorum sizi kuşlar, çiçekler

Fısıldayarak ormanın gizemini,
Tan ağarırken...'
Hiçbir zaman yalnız değilim. Elveda... Çoban..."

Çağrı uyuyup kalmış olmasına üzüldü ve mahcup oldu. Rüştü Efendi'nin bıraktığı notu okuyunca da, *Çok ilginç birisi, vedası bile insanı sarsacak kadar farklı ve çarpıcı*, diye düşündü.

Bir saati geçmeden de yola çıktı...

Evvel zaman içersinde, çok uzun zaman önce kuşların şarkısı yokmuş. Bir bilge bu eksikliği fark etmiş, "Kuşların şarkısı olmalı," diyerek bütün kuşları bir konseye çağırmış. Uzak ve yakın civarlardan gelen kuşlarla gökyüzü dolmuş. Ağaçlar ve çalılar kuşların ağırlığından yerlere kadar bükülmüş. Bilge büyük bir kayanın üzerine oturarak, bütün kuşların konmalarını ve sakinleşmelerini beklemiş; kuşlara, bir şarkıya sahip olmalarının hoşlarına gidip gitmeyeceğini sormuş, kuşlar hep birlikte, "Evet! Evet!" diye cıvıldamışlar. "Çok iyi," demiş bilge. "Yarın güneş doğudan yükseldiği vakit hepiniz gökyüzüne doğru uçmalısınız. Daha fazla yükselemeyeceğiniz anda, işte o zaman şarkınızı bulacaksınız. En yükseğe uçan kuş, en ahenkli şarkıya rakip olacaktır."

Bir sonraki günün sabahında güneşin doğuşundan bir hayli önce bütün kuşlar hazır olmuş. Her yer, bütün gökyüzü kuşlarla dolmuş, büyük bir heyecan hâkimmiş. Ancak küçük bir kuş mutsuzmuş: Küçük, kahverengili ardıç kuşu. Onun hemen yanında heybetli kartal duruyormuş. Küçük kuş, kartalı seyrederken kendi kendine düşünmüş: "Bu büyük kuşla bir yarışta ne kadar şansım olur? Ben o kadar küçüğüm ki ve kartal o kadar büyük ki... Asla onun kadar yükseğe uçamam." Bunları düşünürken aklına bir fikir gelmiş: "Kartal o kadar heyecanlı ki beni fark etmez." Bu düşünceyle küçük kuş yıldırım gibi kartalın başına uçup, çabucak tüylerinin arasına saklanmış. Kartal o kadar gerginmiş ki, küçük ardıç kuşunu fark etmemiş. Kendi kendine, "Büyük kanatlarımla mutlaka kazanacağım," diyormuş.

Nihayet, güneş doğu tepelerinin yukarısında görününce, büyük kanat sesleri içinde bütün kuşlar havalanmış. Gökyüzü kuşlarla o kadar dolmuş ki, bir an için karanlığa gömülmüş. Kuşların gövdeleri güneşin yüzeyini kapatmış. Uzun bir süre yükselmişler. Sonunda, en küçük ve en zayıf kuşlar yorgun düşmeye başlamış. İlk pes eden küçük sinekkuşu olmuş. Küçük kanatlarını o kadar hızlı ve güçlü çırpmış ki, bugün bile dikkatlice dinlendiğinde kanatlarının vızıltısı duyulabilir. Küçük yalvaran sesi, "Bekleyin, beni bekleyin!" demek istiyormuş, bu gerçekten sıradan bir şarkıydı. Bir sonraki pes eden sığırcık oldu. Aşağı inerken kendi şarkısını dinlemiş, bu da çok sıradan bir şarkıymış. Başka kuşlar da yorulmuş, doğuya doğru uçarken kendi şarkılarını duyup öğrenmişler.

Nihayet güneş yeryüzünün diğer ucuna ulaşmış, gecenin yüzü yeryüzünü karartmaya başlamış. Bu arada sadece birkaç kuş kalmış. Bunlar en büyük, en güçlü kanatlara sahip olan kuşlarmış: kartal, şahin, gece kuşu, baykuş ve dalgıçkuşu. Bütün gece boyunca kuşlar yükselmiş, yükselmiş...

Bir sonraki günün sabahında güneş doğduğu vakit, gökyüzünde bütün kuşların kralı olan kartal kalmış. Hâlâ hızlı ve kuvvetli uçuyormuş. Güneş gökyüzündeki yolculuğunun yarısına vardığında kartal yorulmaya başlamış. Sonunda zafer dolu bir bakışla yeryüzüne doğru inmeye başlamış; çünkü görünürde hiçbir kuş kalmamış. Bütün bu süre boyunca kartalın tüylerinin arasına gizlenmiş olan küçük ardıç kuşu uyumuşmuş. Kartal yere doğru inmeye başladığında küçük ardıç kuşu uyanmış ve kartalın başından ayrılarak tırmanmaya başlamış...

Kartal onun havalandığını görünce çok sinirlenmiş, ama ona engel olmak için hiçbir şey yapamamış, çünkü çok bitkinmiş. Küçük ardıç kuşu daha da yükseklere uçmuş. Sonunda gökyüzünde bir deliğe ulaşınca muhteşem bir şarkı duymuş. Şarkıyı tümüyle ezberledikten sonra yeryüzüne dönüşe geçmiş. Küçük ardıç kuşu muhteşem şarkısını dinletmek için o kadar sabırsızlanıyormuş ki, yeryüzüne inmeye can atıyormuş. Yeryüzüne yaklaşırken ardıç kuşu konseyin toplandığı yerdeki kayaya bakınca, bütün kuşların buraya konduğunu ve ona kızgın gözlerle bakan kartalı görmüş.

Bütün kuşlar sessizlik içinde ardıç kuşunun zemine konmasını beklerken, birdenbire ardıç kuşu bütün zafer duygusunu yitirip kendinden utanmaya başlamış. Bu muhteşem şarkıyı elde etmek için hileye başvurması onu çok mutsuz etmiş ve ayrıca kartaldan da korkmuş; çünkü biliyor ki bu izinsiz taşıma için kendisinden hesap sorabilirdi. Sessizce karanlık ormanlara doğru uçarak, utanç içinde, yüreğinde ağırlık hissederek en büyük ağacın dallarının arasına saklanmış. O kadar utanmış ki hiç kimsenin onu görmesini istememiş.

Bugün onu orada bulabilirsiniz. Mahcup ardıç kuşu hiçbir zaman gün ışığında kendisini göstermez. Hâlâ hile yapmış olduğundan utanıyor. Ancak bazen kendine hâkim olamıyor ve o zaman muhteşem şarkısını kendi kendine söylüyor. O söylediği zaman diğer kuşlar şarkı söylemeyi kesiyor. Ardıç kuşunun şarkısının yanında kendi şarkılarının ne kadar zavallı olduğunu pekâlâ biliyorlar.

İşte bu yüzden mahcup ardıç kuşu o kadar çekingen; işte bu yüzden bütün kuşların şarkılarının arasında şarkısı en güzel olanı; işte bu yüzden karanlık ormandan geçerken onu duyan insanların kalplerini güneş ısıtıyor...

O, halen orada...

Çağrı öğle vaktine doğru yamaçtan inerken uzakta çok büyük olmayan, etrafının bir bölümü sazlar ve bodur bitkilerle çevrilmiş olan bir göl gördü. İlk defa bir göle rastlamıştı; daha da uzaklara bakınca ileride bir köyün de olduğunu fark etti. Göle yaklaşırken iki çocuğun balık tutmaya çalıştıklarını gördü. Gölün etrafında sazlıklar olmasına rağmen kıyı bataklık değil, sert zemindi. Bu kenarda insan olduğu için bazı su kuşları rengârenk tüyleriyle uzak kıyıda sessizce yüzüyorlardı.

Balık tutan çocukların yanına gitti. Bunların yaşları sekiz, en fazla onu geçmezdi.

Çağrı, "İyi şanslar çocuklar," dedi.

Biri, "Pek şansımız yok be ağabey. Bir türlü yakalayamıyoruz."

"Balıklar mı kurnaz, siz mi acemisiniz?"

İki çocuk birbirine bakarak güldü. Daha önce de konuşmuş olanı:

"Doğru dersin ağabey. Balıklar uyanık, biz de beceriksiziz."

"Bugün okul olmadığı için mi balık tutmaya çıktınız?"

"Bugün pazar ya ağabey, bilmiyor musun?"

Çağrı'nın kafasında şimşekler çaktı. Doğru ya, bugün pazardı. Haftanın günlerini bile unutmuştu. Daha doğrusu, doğada günlerin isminin ne kıymeti vardı ki!

Çocuklardan biri:

"Ağabey, bu senin köpek ısırmaz değil mi?"

"Yok ısırmaz, korkacak bir şey yok."

"Öyle deme ağabey, biz biliriz; köpek milletinin ne yapacağı belli olmaz. Durup dururken iğne yemeyelim."

"Rahat olun, işinize bakın," dedi Çağrı.

Sonra çocukların yanlarındaki kovanın içine baktı. İki ufak tatlı su balığından başka bir şey yoktu.

Çağrı, sırt çantısını çıkarıp yere oturdu; Uğur da yanına gelip yattı. Hem biraz dinlenecek hem de balık avcısı çocukları seyrederek belki de bir parça eğlenecekti.

Sıcaklık dalga dalgaydı. Hafif esen rüzgârda üç bulut tembelce süzülüyordu.

"İşte burada."

Oğlan oltasını sivri bir cirit gibi kaldırıp bekledi. Güneşin yoğun ışığında suda akisler zıplıyor ve parıldıyordu.

Oğlan eğildi. Bakışlarını durgun suyun yüzeyinden ayırmadan, "Burasıydı," diye arkadaşına seslendi. Sanki içi titriyordu. Döndü, kamıştan misineyi çözdü. Oltayı parmak uçlarıyla sınadı, kamışı otların üzerine bıraktı ve oltanın ucunu dudaklarının arasına aldı. Elini cebine soktu ve ufak bir çığlık attı. Oltanın iğnesi parmağını kanatmıştı. Diğer oğlanın endişeli bakışları altında, dikkatlice iğneyi çıkardı ve merakla parmağından sızıp, küçük bir kan kubbesi oluşan parmağına baktı, "Böyle bir iğne acıtıyor, hem de çok," diyerek, parmağını ağzına götürüp kanı emdi. Sonra, bir parça çamur alarak oltanın battığı yere yapıştırdı.

"Bunu seveceksin," diyerek sağ eliyle kamışı alıp sol eliyle yemi tuttu. Usulca ucunu kaldırdı. Biraz esniyordu. Yem, koca bir yağmur damlası gibi suya vurup battı.

"Isır hele, seni alt edeceğim," dedi.

Yoksa, ağ veya kepçe mi lazımdı! Kamışı kaldırdı, yem el değmemiş bir halde sallanıyordu. Sadece oltanın ucu biraz kaymıştı. Olta tekrar suyun derinliklerine indi:

"Haydi ısır be koçum. Bak köyün yolu yirmi dakika sürer, kırma bizi!"

Bir kızböceği geldi ve kamışın misineye bağlantı noktasının üzerinde durdu. Birden misine suyun derinliklerine çekildi.

"İri balık bu!"

Yalnızca büyük balıklar böyle sakin ve sıkı vururdu.

"Gel yüzeye çık, seni kıyıya fırlatayım."

Birden çekiş kesildi. Misine gevşedi ve oltanın ucu suyun üstüne yemsiz bir şekilde çıktı.

Oğlanın saçlarından ter damlacıkları süzülüyor, kaşlarına takılıp burnundan kayıyordu.

"Ah keşke bir kepçem olsaydı. Ama dur sen!" dedi.

Çağrı yerinden kalkıp çantasını sırtladı ve çocukların yanına giderek:

"Balığı kaçırdık diye üzülmeyin. Ben sizin yaşınızdan çok sonra balığa gitmiştim; hem de elimde en modern balık tutma malzemelerim varken üstelik, deniz gibi balığın en çok olduğu yerdeyken bile tek bir balık tutamadan eve dönmüştüm. Her şeyde olduğu gibi bu iş de kısmet işidir. Gene de size bol şans diliyorum."

İki çocuk da, "Sağ ol ağabey," dedi.

Doğuya doğru gidiyordu. Bir sincap yol kenarındaki ak kayın ağacının gövdesine çevik bir hareketle tırmandı. İnce dalların üstünde yaylanıp bir sonraki ağaca atladı. Oradan oraya, oradan oraya derken Çağrı onu gözden kaybetti.

Kol saatine baktı. Akşama daha vardı. Zaten doğada zaman kararlarını saat değil, güneş veriyordu. Doğması, yükselmesi, batması ve yeniden doğması. Her şey güneşe bağlıydı. O varsa aydınlık. O yoksa karanlık vardı. Tüm canlılar da ister gececi ister gündüzcü olsun, hep onun hareketlerine bağlıydılar.

İki defa tavşanla karşılaştı. Uğur, kırmızı gözlü, parlak tüylü, uzun bıyıklı, beyaz canlıları önce hayretle seyretti sonra üzerlerine atıldı, ama onların kavisler atarak, ok gibi kaçışlarına ayak uyduramayarak geri geldi. Başarılı olamayınca da morali bozulduğu için Çağrı onun başını okşayarak güvenini tekrar kazanmasına yardımcı oldu.

Beş altı yabankazı çok yüksek olmayan bir mesafeden sert bağırtılarıyla ortalığı yankılandırarak uçup gitti. Onları ağır ağır kanat çırpmalarıyla siyah kuzgunlar takip etti. Batıda, koyu renkli güz akşamının kızıllığı ışıldamaya başlamıştı.

Süpürgeotları arasında fare avlayan bir sansarla karşılaştı. Bir ağacın meyvelerini toplayıp saklayan sincaba rastladı. Bu meyveleri kış uykusundan ara sıra uyandığında beslenmek üzere saklıyordu. En azından niyeti buydu. Ama tam tepesinde ağaca tünemiş bir alakarga onu izliyor ve her saklayışında arkasından gidip erzağı çalıyordu. Bunu böyle yedi kez tekrarladı; sincap iki kez hırsızlığa engel olmak için gözcülük etti. Sonra hiç umursamadan işine devam etti.

Eski bir köy mezarlığının yanından geçerken durdu ve uzun uzun baktı. Topu topu kırk kadar mezar vardı. Etrafında duvar ve tel gibi herhangi bir sınırlayıcı yoktu. Hiçbiri granit, mermer gibi kıymetli taşlarla çevrili olmadığı gibi, mezar taşları yerine de koyu kahverengi tahtadan başlıklar bulunuyordu. Bunların bir kısmı da mezarlığı otlar bastığından ya görünmüyor ya da devrilmişlerdi. Mezarlığın üstünü çoğunluğu selviler teşkil edecek şekilde her cins ağaç örtüyordu. Yeni hiçbir mezar görünmediğine göre burası demek ki çok yıllar önce kullanılmış, mezarlık için ayrılan arazi dolduğu için de artık defin yapılmayan bir yer olarak kalmıştı.

Burası, "gerçeklik" ve "sadeliğin" tam yansımasıydı;

"kim yalnız değil ki hayatında! Yalnızlık nedir, göreceksin, öldüğün zaman," der gibiydi...

Artık onların çevresel yıkım ve insan sefaleti, aşırı nüfus, aşırı tüketim, kirlilik, ormanların yok edilmesi, çölleşme, yoksulluk, kıtlık, zulüm, nefret, açgözlülük, şiddet ve savaş gibi bir dert ve meseleleri kalmamıştı. Yaşamlarının tamamı zaten toprağı işleyerek, doğdukları yerde geçtiği için bu söylenenlerden çok bir haberleri olduğunu da sanmak aşırı iyimserlik olurdu. Onlar sade yaşadılar ve sade bir sonla da hayattan ayrılmışlardı.

İşte burada; gerçek her şey. Eşik, duvarın yıkılışı, küflenmiş ekmek, yok olduğun gece, kaybolan yürek, birinin çağırdığı yer, yanmış olan düş ve herkese adanmış yıldırımın sırası gelene çarptığı yer.

Ağaçlar kime doğru yükseliyor? Güneş kimi selamlıyor? Dağın nakaratı, vadi ve dağ çiçeği, kimi yanına çağırıyor?..

Akşamın eli kulağında iken binlerce kırlangıç gökyüzünü işgal etti. İnsan gözüyle fark edilmeyecek kadar küçük olan sinekleri avlamak için akıl ermez hız ve manevralarla, dalış ve çıkışlarla inanılmaz bir gösteri sergilemeye koyuldu. Sayılamayacak kadar çoktular, takip edilemeyecek kadar da hızlıydılar. Oyunları mı bitti yoksa havada sinek mi kalmamıştı bilinmez; nasıl aniden ortaya çıktılarsa gene aniden kayboldular...

12. Bölüm

Elinden geldiği kadar sık adımlarla ilerleyerek, ormanın içinden yürümeye koyuldu. Yüz adım kadar gittikten sonra, yükselmeye başlayan gün ona yardım etti. Toprağın üzerinde şurada burada görülen ayak izleri, ezilen otlar, kırılan fundalar, çalılar arasında bükülen ve yavaşlıkla doğrulan körpe dallar ona bir izi belirtiyordu. Ormanın daha derinlerine kadar ilerledi, bu izlerden gitti, sonra izi kaybetti. Vakit ilerliyordu, yüksekçe bir yere geldi. Erkenci bir avcı ıslık çalarak uzaktaki bir keçiyolundan yürüyordu. Ormanın en sık, en yoğun kesiminde birdenbire adamı gördü. Görür görmez de yeniden gözden kaybetti.

Adam, ormanın büyük ağaçlarla gizlenmiş, oldukça uzak, açıklık bir yerine girmiş, daha doğrusu kayıvermişti. Ormandaki o açıklık yere gelmek kolay iş değildi. Zikzak çizen keçiyollarından geçerek gitmek en az bir çeyrek saat isterdi. Dosdoğru giderse, orada şaşılacak derecede sık dikenli, haşin bir hal alan bölgeden geçecekti ki, bunun için de bir yarım saat isterdi.

Ne kadar diken olursa olsun dosdoğru gitmeye karar verdi. Azimle, çalıların karışıklığı içine daldı. Çobanpüskülleriyle, ısırganlarla, ak dikenlerle, yabangülleriyle, pek öfkeli böğütlenlerle çarpışmak zorunda kaldı. Fena halde her yanı tırmalandı. En sonunda, kırk dakika sonra, dar içinde, sırılsıklam, soluk soluğa, tırmık içinde açıklık yere vardı. Kimsecikler yoktu! Adam ormanın içinde yok olup gitmişti. Nereye? Ne yana? Kestirmek imkânsızdı. Etrafta birkaç tur atınca, bir ağacın altında, taptaze, yeni karıştırılmış toprak, unutulmuş ya da bırakılmış bir kazma, bir de çukur gördü. Bu çukur başka.

Bir insan, bir çukura niçin bir şey saklar ve belli bir süre sonra da onu sakladığı yerden alıp gider? Saklamakla gizlilik, ikiz kardeş gibidir. Bu adam büyük ihtimalle bir hırsızdı ve bölgeyi de iyi bilen birisiydi. Bilenler bilir; kuşların da hırsız olanları vardır, bu da insan hırsızlardandı. İçinde hırsız yoksa, o tür, tür değildir!..

Çağrı bu adamla karşı karşıya gelmesi halinde bir maraza çıkma ihtimalinin yüksek olduğunu düşündü. *Bu kaçınılmaz olurdu, ama iyi de olurdu*, diye içinden geçirdi. Fakat, artık yapabilecek bir şey de yoktu.

Daha sabahın erken saatleriydi, kül rengi gökte hâlâ tek tük yıldızlar parlıyordu. Pek hafif bir esinti vardı. İnce bir sis karşı tepenin yamacına yaslanmış, ağaçların nemli yaprakları ışıldıyordu. Ufuk çizgisinin altında için için yanan güneş daha yükselmemişti. Bir yağmur kuşu uçarak üzerinden beyaz kanatlarını göstermek istercesine geçti. Minicik bir yabanördeği yavrusu bağırarak otların arasına kaçtı. Bu demek ki yakınlarda bir yerde sulak veya bataklık bir alan vardı.

Bayırı tırmanması bitince dere yatağının sazlıkları, çalılıkları arasından, tüyleri dökülmekte olan bir çakalın, karnı yere değercesine kaçtığını gördü. Çakal bir hendeğin üzerinden atladı, durdu; birden dönüp arkasına baktı ve köpekleri gördü. Köpekler at nalı biçiminde yayılmış, çakalın peşine düşmüşlerdi; önünü kesip, derenin öbür tarafındaki ormana kaçmasını önlemek istiyorlardı.

Çakal zemberek gibi fırlayarak, ufak bir tepeciği aştı ve doğru ormanın yolunu tuttu. Gücünü kısa adımlarla idare eden bir köpek, çakalın yolunu kesmeye çalışıyordu; bir başka köpek de en yırtıcı görüneni oydu; arkadan yaklaşıyordu çakala. Başka bir dereye doğru giden çakal bir an duraksadı ve vargücüyle yeniden koşmaya başladı. Çakal dere yatağına ulaştığında köpekler de ona yetişmek üzereydi. Beyaz tüylü köpek, çakalı butlarından yakalayıp savurdu. Bir ara çakal da köpekler de görünmez oldu. Köpekler çakalı, sık meşeler ve akçaağaçlarla kaplı dere yatağından sürüp çıkarmış, şimdi çalılar ve devedikenleriyle örtülü bir kuytuya doğru gidiyorlardı.

Uğur bu sahnede, oyunda; yer almak için çılgınca ileri atılıp birkaç yüz metre kadar gitti, ama çok uzun sürmeden kendisine bir rol verilmeyeceğini anlayıp hüzün dolu gözlerle geri döndü; Çağrı'nın yüzüne, "Elimden bir şey gelmezdi" dercesine, mahcup bir şekilde yere oturarak baktı...

Civarı hasat edilmiş buğday ve mısır tarlalarıyla çevrili küçük bir koruda gecelemeye karar verdi. Epey zamandır güncesine not düşmemişti, bıraktığı yerden olup bitenleri kaydetti. Yeterli erzak vardı, gördüğü çoban çeşmeleri veya kuyulardan da su ikmali yapıyordu. Çok çeşitli meyveleri ağaçlarında görmüş, kızılcık ve böğürtlenler toplayıp yemişti. Aradan günler geçmesine rağmen şimdi, ilk günlerden çok daha enerjik ve kendini daha bir güçlü hissediyordu. İlk günlerde sırt ve ayak kaslarında az da olsa hissettiği sızılar artık yoktu. İçinden yürüdükçe yürümek geliyor, daha çok yer ve nesne görme arzusu arttıkça artıyordu.

Yıldızların ışıldadığı, hafif esintili, zaman zaman gece yırtıcılarının birbirleriyle haberleşme sesleri ile hiç değişmeyen böceklerin senfonisini dinleyerek uykuya çekildi.

Sabah ışıyınca kalktı. Uğur'la birlikte bir şeyler yiyip yola çıktı. Tepeciğin hemen altında kaybolan kuru bir dere yatağına daldı. Dereyatağı doğuya doğru, eğrile büğrüle yükselen çakıllı bir yayla yoluydu. Yol gittikçe yükseliyordu. Çevre ıssızdı. Ufuklar açılıyordu. Etrafta ne bir hareket ne de bir hayat belirtisi vardı. Çırılçıplak bir güneş altında uçsuz bucaksız arazi gittikçe açılıyordu. Bir aralık kendini dünyadan kopmuş, insansız bir gezegende dolaşıyor gibi düşündü. Ama bir dönemeci kıvrılınca karşısına çıkan cılız bir dağ çeşmesi onu yeniden insanoğullarının âlemine bağladı. Bu çeşmenin başında bodur, şekilsiz bir ahlat kalıntısı ile dikenleri birbirine karışmış bir yabangülü çalılığı vardı.

Ahlatı bu halde görünce Asaf Bey'in söylediklerini hatırladı: "Anadolu'da ahlat, eski ormanların son şahididir. Ya bir ahlat ya da bir ardıç kalıntısı bize anlatır ki, onların ataları, kim bilir nice zamanlar önce, meşeler, çamlar arasında bu dağları kaplardı." Yabangülüne gelince? Görüntüsü hüzün vericiydi.

Öğlen üzeri, etrafı kavun ve karpuz tarlaları olduğu anlaşılan, ama ürünü alınmış, bakımlı bir çiftlik evinin yanından geçti. Ortalıkta kimse görünmüyordu. Avlunun uzun duvarı boyunca üzüm asmaları sıralanmıştı. Asmalar çardağa alınmıştı. Asmalarda cins salkımlar hevenk hevenk, pırıl pırıl bir güneşin altında ışıldıyordu. Sonra bütün asmaların altında, hepsinin de yüzü güneye bakan sıra sıra kovanlar. Belki yüz kadar vardı. Avlunun etrafı zerdali, vişne, ayva ağaçlarıyla çevrilmişti. Zerdali ve vişnenin zamanı geçmişti, ama ayvaların dalları çekmiyordu. Ortalar, patates, fasulye, domates, salatalık ve kabak karıkları halindeydi. Bahçenin ara yollarını frenküzümü, ahududu çitleri sınırlıyordu. Sıra sıra, önleri kafes telleriyle çevrilmiş kümeslikler, kuzeybatı duvarı boyunca sıralanmışlardı. Evin önünde çıkrıkları boyalı iki kuyu görünüyordu.

Çağrı, bu tertip ve düzen ile verilen emeği hayranlıkla izledi. "Birini görsem de tebrik etsem," diye de aklından geçirdi, ama meydanlarda kimsecikler yoktu.

"Uğur!" deyince, köpek kulaklarını dikip gözlerini Çağrı'ya çevirdi.

"Arı kılavuzu diye bir kuş varmış. Bu kuş doğadaki arı oğullarını bulurmuş. O kuşa rastlayınca, onu takip edebilenler, bala da ulaşırlarmış! Sen bu kuşu bulabilir misin?"

Uğur anlamış gibi kesik kesik üç kere havladı...

13. Bölüm

Gökte dolunayın parladığı bu gece hiç umulmadık bir rüya gördü!..

Önünü bile görmeden can havliyle koşuyordu. Ayakları ağaçların köklerine takılıyor, yere düşüyor, tekrar kalkıp koşmaya devam ediyordu. Dallar vücuduna çarpıyor ve dikenler tenini çiziyordu. Bir sonraki düşüşünde bıçağını kaybetti. Tekrar ayağa kalkıp telaşla onu çalıların arasında aramaya başladı, fakat bulamadı. Bıçağını bulamayacağını anlayınca aramaktan vazgeçti. Çantasını sırtına iyice oturtup, içgüdülerine kulak vererek koşmaya devam etti.

Soluk soluğa durdu ve etrafına bakındı. Ona tanıdık gelen hiç ama hiçbir şey yoktu. Az ötede hışırtılar duydu. Çalıların arasından içinde her çeşit hayvanın bulunduğu bir sürü çıktı. Hayvanlar çılgın gibi hızla yanından geçti. Gözle görülür bir panik içindeydiler, buna hiç kuşku yoktu. Onları bu derece rahatsız eden ne olabilirdi acaba?

Etrafı dinlemeye başladı ve rüzgârla birlikte gelen birçok ses duydu. Orman sessizliği yitirmiş ve ayaklanmıştı. Artık rüzgâr daha önce eskiği yönden esmiyordu. Kafasının karıştığını hissetti. Yönünü hesaplayamaz hale gelmişti. Havada eskisinden fazla duman vardı. Bir orman yangını! Kalbi yerinden fırlayacak gibi oldu. Son zamanlarda havanın sıcaklığı artmıştı ve orman ateşin kurbanı olmaya hazır, kupkuruydu. Şimdi ise olan olmuştu: Orman yanıyordu. Belki kuru bir ağacın üzerine yıldırım düşmüştü; bir soytarı bilerek tutuşturmuş; bir gafilin tedbirsizliği de sebep olmuş olabilirdi. Orman öylesine kurumuştu ki, ağaçlar çıra kadar çabuk tutuşuyordu. Rüzgâr ise bu ateşi körüklüyor ve yayıyordu.

Ne yapacağını bilemez bir halde yönünü tayin etmeye çalıştı. Hangi yöne gitmesi gerektiğini bilmiyordu. Yangın hangi taraftaydı? Rüzgâr ateşi hangi tarafa sürüklüyordu? Yoksa yangından kaçacağım derken üstüne doğru mu gidiyordu? Duman güneşi örtmüş ve ışığı boğmuş olmasına rağmen, ortalık çok aydınlık değil miydi?

Şaşkınlıktan, öylece kalakaldı. Tüm sinirleri gerilmişti ve kalbi göğsünden fırlayacakmış gibi atıyordu. Acilen bir çare bulmalıydı. Yangın ve duman gittikçe yaklaşıyordu. Ateşin harlaması geliyordu kulağına. Yanan ağaçların çatırtıları... Cızırtı ve tıslamalar... Orman cayır cayır yanıyordu. Yanan bir orman böyle bağırır... Fırtınalı havada yaklaşan gök gürültüsü gibi bağırıyordu ormandaki düşman. Yüzünü göstermiyor, ama sesi gittikçe yaklaşıyordu. Hırsla soluduğu nefesi hissediliyordu, bu nefes, bütün ormanı yakması gereken ateşi körüklüyor ve iyice alevlendiriyordu. Canını kurtarmak isteyen her canlı gibi, önüne bile bakmadan koşmaya başladı. Gittikçe yaklaşan yangının sıcaklığını teninde hissediyordu. Rüzgâr alev gibiydi. Gözleri dumanla dolmuş ve ciğerleri ağrımaya başlamıştı. Kendisini çok bitkin hissediyordu. Tüm vücudu ağrıyıp sızlıyordu. Çalıların üstüne kendisini bırakıvermek geçiyordu içinden. Ama koşmaya devam etti.

Ve o ateş duvarıyla ilk kez göz göze geldi: Orman ve gökyüzü dumandan kapkara olmuştu, aralarında ise kıpkırmızı alevler vardı. Alevler çok yüksekti, gökyüzüne çok yakın görünüyorlardı. Her şeyi yalayıp yutan ve yok eden alevler ufku sarmış, gitgide kendisine yaklaşıyorlardı. Arkasına döndüğünde de gökyüzünün kıpkırmızı olduğunu ve her yerin duman kapladığını gördü. Kızgın, sınır tanımaz, açgözlü alevler tüm dünyayı sarmıştı. Düşmanın kudreti karşısında kendini bir tüy kadar aciz hissediyordu. Hızla ilerleyen yangın sert rüzgârla daha da köpürmüş, bir anda her yeri sarmıştı; kendisi de tam alevlerin ortasındaydı...

Artık kaçacak bir yerinin kalmadığını anladığı zaman beyninden vurulmuşa döndü. Dehşete kapılmış ve düşünemez olmuştu. Sıkışan göğsünde dayanılmaz bir sızı hissediyordu. Kalbi neredeyse yerinden fırlayacaktı. Sendeleyerek kaçmaya devam etti, fakat kör ve bilinçsiz bir şekilde. Ayağı ağaç köklerine takılarak düştü. Omzunu ve kafasını sert bir şekilde yere çarptı. Duyduğu acının ölümün karşısında ne önemi vardı ki? Felaket bir sinsi hastalık ya da avcı gibi sessizce yaklaşmıyordu, hayır, tam tersine, gümbür gümbür bağırarak gelen bir canavar vardı karşısında. Meydan okuyan kahkahalar atarak ormanı kasıp kavuruyordu.

Uçan, yürüyen, sürünen tüm hayvanlar da çaresizlik içersinde, kimi sessiz kimi çeşitli ses ve feryatlar içersinde bir o yana bir bu yana seyirterek, bu cehennemden kurtulmaya çalışıyorlardı. Uçabilenler daha şanslı sayılmakla birlikte, havaya yükselerek saldıran alevler orman kuşlarını gökyüzünde yakalayıp kömür haline getiriyordu. Koşabilenlerin şansı da çok sayılmazdı, fakat sürünenlerin hiç şansı yoktu.

Son gücüyle ayağa kalktı. Koşmaya devam etmek zorundaydı, bunu yapmayı da istiyordu, fakat nereye? İs ve dumanın içinde önünü görmeden el yordamıyla yürümeye çalıştı. İşte sonum geldi diye düşünüyordu...

Üstleri yosun kaplı birkaç kaya dışında hiçbir şey göremez olmuştu. Kayalara doğru sendeleyerek ilerledi ve aralarında dar bir mağra girişi olduğunu fark etti. Kafasını bu deliğe sokarak kendini güçlükle içeri soktu ve başını toprağa dayadı. Artık hiçbir şey görmüyor, zaten görmek de istemiyordu. Tüm bu telaşın içinde tek hissettiği şey yalnız olmadığıydı. Hemen yanı başında bir canlı olduğunu hissediyordu. Nefesini tutmuş, korkudan gerilmiş bir canlı.

Rüzgârdan hız alarak ormanı boydan boya kat eden yangın, kömürleşmiş ağaç iskeletleri, yanmış hayvan kemikleri, simsiyah dallarla dolu bir hayalet bıraktı ardında. Rüzgâr yangının yarım bıraktığını tamamlıyor, geçtiği yerleri kül çöllerine çeviriyordu. Küllerin arasında yeşil adacıklar da vardı. Alevler buralara dokunmadan üstlerinden sıçrayıp, geçip gitmişti. Ne var ki pek çok alan ateşin dansından kurtulamamıştı, alevler, dokundukları her şeyi yakalıp yutmuştu. Alevlerin hafifçe dokunduğu ağaçlar koyu kahverengine, uzun süre dokundukları ise kapkaraya dönüşmüştü. Meydana gelen korkunç ısı siyahı beyaza, beyazı da siyaha çevirmişti. Geriye kömür bile bırakmıyordu dans eden ateş, yalnızca beyaz toz halinde kül...

Yangın şimdi saklandığı yere ulaşmıştı. Rüzgâr, alevleri kayaların üzerine sürüklüyordu. İşte sonum geldi diye geçirdi içinden. Yüzünü ve vücudumu toprağa daha kuvvetli bastırdı. Alevlerin uğultusu ve tıslamasına, sıcaktan patlayarak ikiye ayrılan ağaçların tüyler ürpertici çatırtıları karışıyordu. Ansızın kavurucu bir hava dalgası hışımla vurdu sırtına, sonra bir anda her şey bitti. Göz açıp kapayana kadar alevler üzerinden geçip yok oldu. Ateş onu istemiyordu artık, ilgisini bile çekmiyordu. Sinirli sıçramalarla çekip gitmişti.

Yaşıyordu. Felaketten sağ salim kurtulmuştu. Buna inanmakta güçlük çektiği için bir müddet yattığı yerde kaldı ve dışarısını dinledi. Yangının gerçekten de sona erip ermediğini anlamak için ormana kulak verdi. Gerçekten de alev fırtınasının uğultusu giderek uzaklaşıyordu. Kasıp kavurduğu yerlere ise, sessizlik hâkimdi.

İçinde bulunduğu korkunç boşlukta bir ses duydu: Yanında soluk soluğa inleyen ve garip sesler çıkaran bir canlı vardı. Az önceki hislerinde yanılmamıştı. Yavaşça kafasını kaldırdı ve gözlerini zorlayarak karanlığın içine baktı. Gözlerinin önünde yavaş yavaş bir siluet belirmeye başlamıştı. Önce ince çizgiler şeklinde iki ışık kaynağı, sonra da yere büzülmüş tüplü bir gövde. Siluet o kadar yakında yatıyordu ki, uzanırsa ona dokunabilirdi. Gözlerine inanamıyordu. Birlikte yangından kurtulduğu, bu inleyen yaratık bir tilki yavrusuydu!..

Çağrı sıçrayarak uyandı. Yorgun ve bitkin hissediyordu kendisini. Kolunu bile kıpırdatacak hali yoktu, sersem gibiydi. Çadırdan dışarı çıkıp derin derin nefes aldı. Uykusu tamamen kaçmıştı. Gökyüzü pırıl pırıldı. Mataradan yüzünü yıkadı, köpek de kalkıp yanına gelmişti, onun başını okşadı ve gördüğü rüyayı düşündü. Tepeleri aydınlık, içerisi karanlık ormana şimdi daha da sevecen bir gözle baktı. Orman yangınının rüyası bile dehşet saçmaya yetiyordu.

Doğa gezisine çıktığından beri bu ikinci rüyaydı ve ikisi de ölümcül olayları içeriyordu. Önce, denize düşerek dalgalarla boğuşan bir insanla ilgili rüya, şimdi de orman yangınının ortasında kalıp can derdine düşmeyle ilgili başka bir rüya görmüştü. Daha önceleri hiç böyle rüyalar görmemişti, gördükleri rüyalar da bunlar kadar net ve bütün değildi! İki rüya da tema olarak ölüme doğru gidiyordu.

Kendi kendine, "'Rüyalar tersine çıkarmış' derler," dedi.

Böceklerin türküleri eşliğinde bir yıldız kaydı. Bunu görünce de, halk geleneğine uygun olarak, "Yıldızım yerinde," dedi. Sonra, halk bunu niçin söylüyor diye düşündü, ama bir sebebini bulamadı.

Sakinliği; dev, kahverengi, en büyük baykuşlardan biri olan puhunun keskin ve ince "u-hu" sesi bozdu. Uçuşu şahine benzeyen, gözleri büyük ve turuncu, sık ormanlar ve kayalık vadilerde yaşayan, hindi büyüklüğündeki kuşlarla, yavru karaca büyüklüğündeki memelileri yakalayabilen bu gece avcısının çok öfkeli olduğu "kvek, kvek" bağrışlarından anlaşılıyordu.

Çağrı çadırına döndüğünde ufuklar da ağarmaya başlamıştı...

14. Bölüm

Havanın sabahki ağırlığı ve donukluğu çalıları kıpırtısız yaptı.

Gün ortasında rüzgâr esmeye başladı. Tekdüze bir sesten sonra şiddetlendi. Öğleden sonra bulutlar kuzeyde ortaya çıkarak gökyüzünde en tepeye yerleşti.

Öğleden sonrasının ortasında rüzgâr haykırıyordu. Güneş donuk bir renk aldı ve soluk limon yeşiline döndü, gözle kolayca izlenebiliyordu. Ufuk ve gökyüzü yok olmuştu.

Bulutlar halindeki tatarcıklar ellerini ve yüzünü ısırarak, güneye doğru gittiler.

Güneydeki dağınık köy evleri düzensiz çizgiler halinde bir çayın kıraç yamaçlarındaydı.

Çalıların arasından bir anızda dökülen taneleri toplayan bir keklik sürüsünü izledi. Tepedeki gözcü keklik kendisini fark etti, ama bir tehdit algılamadığından sürüyü uyarmadı.

Dağlarda bu mevsimde bile meyve veren bitkiler vardı. Çamfıstıklarını kırdı ve yedi.

Bu patikada gölgelik yoktu. Hava boğucu ve ağırdı.

Bir kaya şahini vadi boyunca uçtu. Güneş ışınlarının eğimini dikkate alarak yılan ve kertenkele aramak için düzlüğe geliyordu.

Vadinin iki yanı meşe ve çam ağaçlarıyla kaplıydı. Tabandaki su kaynağı kayaların üzerinden tertemiz akıyordu.

Rüzgâr düz ovadan sıcaklığı kovarak dağların serinliğini getirdi. Eğreltiotlarını eğdi, saka dikenlerini salladı. Çayırlık canlıydı; rüzgâr ve sıcaklık dans ediyordu.

Şimdi bir çilek tarlasının kenarında otururken, sarı çiçekleri toplayan bir kuşu seyretti, hayal kurarak rahatladı.

Ağaçlara ve çalılara hafifçe dokunarak ayağa kalktı, takip ettiği yöne doğru yürüdü.

Dağın eteklerine doğru yaklaşırken gölgeler derinleşti. Alacakaranlık çöktü ve rüzgâr dindi. Sonra karanlık.

Ormanlı dağa çıkıp, büyük doruğun kenarından yukarıya doğru tırmanırken, parlak yıldızlar belli belirsiz bir aydınlık sağladı. Çam ağaçları, yerde gümüş izler bırakan yoldaki ışığı dağıtıyordu. Bir gece şahini alarm işareti verdi, uzaklardan gelen cevap, boşlukta yankılandı. Hilal şeklini almış olan şey doğuya doğru dağların ardından göründü. Çayırlığı aydınlattı ve ormanları karарttı.

Kayalık bir çıkıntıya, köknar ağaçlarına ve çalılara tutunarak çıktı. Arkadaki ormanın gölgelediği çıkıntıya bağdaş kurup oturdu.

İnsanlar ve hayvanlar, ağaçlar ve çalılar, alakaranlıkta

güvenle dinlenir. Fakat aydınlık ve dolayısıyla yaşam demek olan günün yeniden doğma gücü ve inancı vardır.

Öyle zamanlar vardır ki, tek bir köpek havlamaz, tek bir kuş ötmez, tek bir ağaç kıpırdamaz. Bu insanların, hayvanların, bitkilerin zor durumda oldukları bir vakittir.

Doğa baştan aşağı eylem olduğu için, hızlılığı ve çevikliği öğretiyor. Hasmın kararsız anını sezmek ve hemen bitirici bir kesinlikte cesurca harekete geçmek.

Güneş kırmızı bir top halinde ufka yöneldiğinde otlaktan güneye, gece ağıllarına doğru götürülen bir sığır sürüsü gördü. Sığırlar su beklentisi içinde böğürüyordu. Başkaca hareket eden hiçbir şey yoktu.

Uzaklardan bir ufak noktalar bulutu yükseldi, daireler çizmeden, dosdoğru ovaya doğru uçtu, kargalar. Birden kargalardan daha yakında tek bir küçük nokta gökyüzüne doğru atıldı, yukarı çıktı; sonra ok gibi batıya doğru döndü. Kalabalık karga sürüsü şahinin gözünü korkutmuştu.

"Kuşlar iz bırakmazlar" sözü ne kadar da doğruydu. Doğada paranın kullanılabileceği hiçbir yer yoktu! Geçen günkü yağmurlar cılız dereyi beslediği için kurbağaların şarkı söylemesini de sağlamıştı. Çocuklar derenin dar yatağında su sıçratarak ve bağırarak koşuyorlardı.

Eylülün son günleri sıcak, dağ geceleri serin ve canlandırıcıydı.

Şafaktan önceki grilik ovaya hâlâ egemendi. Güneş doğmadan önce ilk horozun sesi çok uzaklardan duyuldu. Ova bomboş ve rüzgârsızdı. Horoz bir kez daha yırtınırcasına öterek güneşin bulutsuz ve kıpkırmızı doğuşunu haber verdi.

İnsan kendisini doğadayken, milyonlarca göz tarafından izlendiği duygusuna kapılıyordu. Sessiz, soğuk kanlı, ama zincirlenmiş bir kaplanın gözlerinin keskinliğine sahipti.

Bir keresinde yerdeki kara yılanı gözetlemek için durdu; kuyruğu bir kayadan fırlamış bir kertenkeleyi incelemek için gene durdu. Kertenkeleyi kuyruğundan yakalamayı düşündü, kertenkelede keşfedilecek bir şey yok diye vazgeçti.

Belli belirsiz hafif bir yağmur toprağın tozunu aldı. Yağmur durunca sis de kalktı. Başını kaldırınca bir çam dalında tüylerini düzelten kızıl kuyruklu bir şahin gördü. Bir yerlerden sesler geldi; sesin geldiği yeri bulmak için başını çevirince iki yavrusu olan bir anne domuz gördü. Bir çalının dibinde duruyorlardı. O hareket edince, şahin uçtu; domuz da yavrularıyla birlikte uzaklaştı.

Bazı geceler rüzgâr sanki hangi yöne gideceğine karar vermeye çekiniyormuş gibi duruyor. O zaman tüm tabiat kulak kesiliyor!

Ateşin içinde de gökkuşağının renkleri var. İnsan bunu ancak, doğada çalı çırpı ve odunla ateş yakınca görebiliyor; ilginç ve şaşırtıcı.

Kuşlar şarkı söylerken her şey ışıl ışıl parlıyor: İyi de var kötü de, şen ve kederli yanları da eksik değil. Hayatın kendisi gibi. Tıpkı doğa gibi, sonu yok.

Şimdi anlıyorum ki, doğa konusunda insanların yazdıkları bir şey yok; çok iyi bildiğimiz bir yeri bize yalatmakla yetiniyorlar?

Doğadaki güçlükler gizli birer hazine sayılmalı! Genellikle ne kadar güçse o kadar iyidir. Güçlükler kendi içsavaşından gelirse pek verimli olmaz. Ama güçlükler dışarıdan ve gitgide artan bir dirençten doğarsa o zaman eşsizdirler.

Dağlar, göller, ırmaklar, kuyular, pınarlar, dereler, çaylar, vadiler ve boğazlar doğanın çocuklarıdır. Rüzgâr, yağmur, dolu, kar, gün ışığı, gündüz, gece ve mevsimler, heyecan ve coşku kaynağıdır. Kuşlar, böcekler ve hayvanlar yeryüzünü bilgi ile doldurmuşlardır.

Toprak yaşayan her şey için son duraktır! Ebedi dinlenme yeridir.

Doğada dolaşmak; hayvanlara, ağaçlara, kuşlara yakın olunca, insan kendini özgür ve mutlu hisseder.

Doğa bir kütüphanedir; onun kitapları taşlardır, yapraklardır, çimenlerdir, çiçeklerdir, derelerdir, kuşlardır, hayvanlardır. Fırtınalara, ürkütücü rüzgârlara, dondurucu soğuklara, çamura, kara kızmak; evrenin kara cahili olmaktır.

Kuşlar yeryüzünde yaşayan tüm canlılardan fersah fersah daha özgürdür. İstedikleri kadar yükselebilirler, nereye isterlerse engelsiz gidebilirler. Bir kuş havaya yükseldiğinde yeryüzünde var olan canlı cansız ne varsa hepsi onun altında kalır!

Doğa der ki: "Ben kendimin efendisiyim, yapmak istediğim her şeyi yaparım, ama bunu bir düzen ve disiplin içersinde yaparım. Başı bozukluğu, haddini bilmezliği affetmem."

Doğa da zafere giden yol gibi engebelidir. Sıkıntılı saatleri koynunda saklar. Sıkıntı yoksa güçlenme de yoktur.

Nasıl ki, sabah sisinin güneşin önünden kaçması onun geçiciliğini gösteriyorsa, doğa karşısında insan, sabah sisi kadar bile değildir.

"İnsan doğadan uzaklaştıkça kalbi katılaşır" sözü, dünyada bugüne kadar söylenmiş sözlerin en doğrusudur ve gerçeğin ta kendisidir.

İnsanlar dağ ve karınca arasında bir yerde, işte orada bir yerde durmaktadır. Hayvanlar, kuşlar, hepsi daima iyi bir hal üzerinde yaşarlar. Onlar saftır, onlar yanlış yapmaz; yalan, dolan, politika, riyakârlık bilmezler; doğaları doğumdan ölüme asla bozulmaz.

Dünyada yaşayan kavimler içersinde, doğa, doğa ve insan ilişkisini en iyi bilen, bunu bir kültür ve yaşam tarzına dönüştürmüş olanlar Kızılderilidir. Aşağıdaki dörtlük bunun en iyi anlatımıdır:

"Yeryüzünün sonuna gittim
Suların sonuna gittim
Gökyüzünün sonuna gittim
Dağların sonuna gittim
Arkadaşım olmayan bir şey bulamadım."

15. Bölüm

İnsan aklı içgüdüler, önyargılar, hem bencillik hem de sevecenlikle dolu arzu katmanlarıyla sarıp sarmalanmıştır ve temelinde hayatta kalma ve üreme istekleri yatmaktadır.

İnsan vücudu da, aklı da binlerce yıl boyunca maruz kaldığı baskılar sonunda bugünkü zihinsel ve duygusal durumuna gelmiştir.

İnsanın tür olarak fiziksel tasarımı büyük ve dev metropollere, bunların yarattığı strese, hızlı yiyeceklere, bağlılık yapan ilaçlara ve huzurlu olmayan toplumsal bir yaşama uygun değildir.

İçgüdü, insanların davranış sebeplerini öğrenemediği kısmıdır. İçgüdü; eylem, arzu, akıl ve davranışların geçmişten miras olarak devralınan öğelerdir. Genler aracılığıyla nesilden nesile, kuşaktan kuşağa aktarılmaktadır.

İnsan davranışı; içgüdüsel, fizyolojik, mantıksal, duygusal pek çok etmenin ürünüdür. Bu nedenle tahmin edilebilmesi olanaksızdır ve açıklanması olağanüstü derecede karmaşıktır.

Görünmez bir el olan içgüdü her insanın yaşamında daima hazır ve nazırdır. Biyolojik siren ve alarmlar çalışır. Yılan, örümcek ve benzeri hayvanlardan korkmak; yükseklik ya da karanlık gibi doğal ortamlardan korkmak; kan ya da yaralanmaktan korkmak; dar bir yere sıkışıp kalmaktan korkmak. Bu tür tehditlerden korkmak ilk insanların daha uzun süre hayatta kalmalarını sağlayacak bir mekanizmaydı. Bu tehlikeleri sezme ve onlardan kaçma yeteneğine sahip olan bireylerin yaşama, üreme ve bu korkuları gelecek kuşaklara aktarma olasılığı artıyordu. Zamanla bunlara başka yeni korkular da ilave oldu.

İnsan vücudu kıtlık zamanlarında hayatta kalmak için tasarlanmıştır. Ama bugün, tersine bir sistem işletilmektedir. Kalp ve damar hatalıklarının %70'inin fazla kilolu ve obez olmakla ilişkili olduğu bilinmektedir. Yiyecek düşkünlüğü bir hayatta kalma içgüdüsü olmaktan çıkmış, kendi kendine zarar veren çok tehlikeli bir yırtıcıya dönüşmüştür.

Eğer beyin iyi çalışmıyorsa, beynin kontrol ettiği vücut da iyi çalışmayacaktır, kaçınılmaz şekilde beynin kontrolünden çıkan bedende organlardan biri veya birkaçı başkaldıracak ve fonksiyonunu yitirerek, "hastalık adıyla" ortaya çıkacaktır.

Jean Brullerin, 1953'te yazdığı *Onları Öğrenmelisin* adlı kitapta yer alan şu cümlelerin geçerliliği hiç değişmeyecektir:

"İnsanın bütün sorunları, ne olduğumuzu bilmemekten ve ne olacağımıza karar verememekten kaynaklanır."

Kişilik ve algıdaki çeşitliliğin büyük bölümünün, çoğu vakada yarısının ya da yarıdan fazlasının kökeni kalıtsaldır. Algı da çevre de bir şeydir, ama kalıtımı bastıramaz.

İnsanlar yaşayan dünyanın büyük bir bölümünü mideye indirmektedir. Doğal bitkilerin dokuları için gereken güneş enerjisinin yüzde 20 ila 40'ını, tahıl ve kereste tüketerek, bina ve karayolu inşa ederek ve çöller yaratarak tüketiyorlar.

İnsanlar amansız besin arayışıyla göllerdeki, nehirlerdeki hayvan hayatını iyice azalttılar; şimdi de aynı şeyi denizlerde yapıyorlar. Her yerde havayı ve suyu kirletiyor, toprak altı su seviyesini düşürüyor, türleri yok ediyorlar.

Belki de insan zekâsı, kendini yok etmek için programlanmış bir doğa yasasıdır!

Bu haşin senaryo; genetik kalıtımları tarafından çok bencil olmaya odaklanmış, onları küresel sorumluluk hissinden uzaklaştırmıştır.

Bireyler önce kendilerini, sonra ailelerini, sonra kabilelerini düşünürler, dünyanın geri kalanı ise dördüncü sırada nal toplar. Genleri de onları bir, en fazla iki kuşak öteye düşünmeye eğilimli kılmıştır.

İnsanlar gündelik hayatın küçük sorunları ve çekişmeleri üzerinde çok dururlar, statülerine ya da kabile güvenliklerine azıcık meydan okunduğunda hızlı ve genellikle zalimce bir tepki verirler.

Ama tuhaftır, psikologların keşfettiği gibi, insanlar aynı zamanda büyük depremler ve kasırgaları gibi doğal afetlerin gerçekleşme olasılığını ve yaratacakları etkiyi hafife almaya eğilimlidir.

Yazı öncesi zamanda insanlar küçük, avcı toplayıcı gruplar halinde yaşıyorlardı. Hayat tehlikelerle dolu ve kısaydı. Yakın gelecekte yakından ilgilenmek ve erken üremek prim yapıyordu, başka şeylerin o kadar önemi yoktu.

Birkaç yüzyılda bir olan çok büyük felaketler ya unutuluyor ya da efsaneye dönüştürülüyordu. Bu yüzden bugün insan zihni hâlâ bir iki kuşağı aşmayan bir dönem içinde, geçmiş ve gelecekteki bir iki yıllık döneme rahatça gidip gelebilmektedir.

Eskiçağlarda yaşayan insanlardan genleri sayesinde kısa vadeli düşünme eğiliminde olanlar olmayanlara göre daha uzun yaşamış ve daha çok çocuk sahibi olmuşlardır.

İnsanlar her yerde daha nitelikli bir hayat peşinde koştuğundan kaynak arayışı nüfustan bile daha hızlı artmaktadır. Çevreyi kemiren teknolojilerin yükselişine paralel olarak bu talep daha da hızlanmaktadır.

Yaşam kalitesini belirleyen pek çok kaynak; işlenebilir toprak, gıdalar, tatlı su ve doğal ekosistem alanları dahil; sınırlı olduğundan, tüketimin iki katına çıkması şaşırtıcı bir hızla felaketlere yol açabilir. Bir uçurumun kenarına doğru mu koşuluyor yoksa hayali bir geleceğe doğru mu havalanmak isteniyor? Sağlıklı bir çevrenin kaynağı olan doğal ekosistem geri dönülmez biçimde mahvedilirken, hayali gelecek de adı üzerinde olduğu gibi "hayal" olarak kalacaktır.

İnsan materyalizm devrildiği zaman ağlar. Fiziksel şeyleri ölçmeyi, ağırlığını bilmeyi, parçalara ayırmayı öğrenmiştir. Dünyanın çevresindeki havanın altı katrilyon ton olduğunu, %78 nitrojen, %21 oksijen ve küçük miktardaki diğer gazlardan oluştuğunu bilir. Isınan havanın genleştiğini ve yükseldiğini, soğuyan havanın aşağıya indiğini, havanın su buharını topladığını, sıkıştırdığını ve dünyanın çevresine yağmur taşıdığını, dünyadaki hiçbir şeyin hava ya da hava akımları olmadan yaşamayacağını bilir. Hava polen taşıyarak bitkilere yaşam verir, oksijeni bütün bitkilerin köklerine taşımak için dünyaya ve sakinlerine yaşam getirmek için suların içine dalar.

İnsan, havanın okside edici bir eleman olarak hareket ettiğini, sıcak ve enerjiyi, onsuz hiçbir şeyin yaşayamayacağını bilimsel bir kesinlikle bilir. Fakat bunu kontrol edemez. Dünyaya egemen olamadığı ya da anlamamayı seçtiği için yalnızca maddi özelliklerini yorumlar. Diğer her şeyi bir kenara atar.

Örneğin yağmur, rüzgâr ve bitkiler öyle birbirine bağlıdır ki, yaşamın bir amacı ve kaçınılmazıdır. Rüzgâr olmadan yağmur gelmez, yağmur gelmeden bitkiler varlıklarını doya doya sürdüremez. Rüzgâr yaşamın taşıyıcısıdır. Rüzgârın amacı vardır; kasvetli, çalkantılı, yumuşak, avutucu, şiddetli, taze veya yıpratıcı bir şekilde gelecektir. Rüzgâr olmadan su buharı yüklü bulutlar gezemez, dolaşamaz, ihtiyaç duyulan yerlere ve topraklara yağmurlar taşınamaz.

Zamanlar vardır her şeyin dengede olduğu ve zamanlar vardır adımlarını çekinerek attığın, bir türlü hangi yöne gideceğini kestiremediğin, yanlış bir adımın bile çığ gibi felaketlere yol açacağı...

16. Bölüm

Akşam üzeriydi; ormanın güney tarafından gelmekte olan kazların ve turnaların sayısı hayret vericiydi. Bir saat boyunca büyük sürüler ya da aile grupları halinde, yoğun bulutlar gibi, dalgalar şeklinde farklı yönlerden yaklaşıyorlardı. Çığlıklarının gürültüsü zaman zaman her şeyi bastırıyordu. Sesleri özgür göklerin özgürlüğünün, geniş boşlukların, yaylaların ıssızlıklarının, uzak diyarların sesiydi. Bir yabankazı sürüsü o kadar alçaktan uçtu ki, tüyleri bir bir seçilebiliyordu. Birinin gözlerinin içine baktığımda, orada olduğumu bildiğini gösterirmişçesine güler gibi bir ses çıkardı. Sonra sükûnet içinde yerlerini daha da alçaktan uçan yeni bir aileye bırakarak uçup gittiler. Güneş bulutları, sarı ve pembe renge dönüştürerek alçaldı ve kuşlar koyulaşan gökyüzünde hâlâ dalga dalga yaklaşıyordu. Çıkardıkları vahşi seslerin gürültüsü son derece heyecan vericiydi, dinginlik uyandırıyordu. Hava karardı...

Sabah, serin bir kuzey rüzgârıyla birlikte hafif bir yağmur başladı. Kısa bir süre sonra da bir turna sürüsü ormanın tepesinde tur atarak hasat edilmiş mısır tarlasına kondu. Birkaç bin kadar kuş. Çoğu turnaydı, griler arasında beyaz lekeler oluşturan biraz da yabankazı vardı. İzleyen bir buçuk saat boyunca önce bir grup, sonra da bir diğeri kanatları açık, tüylü balerinler gibi havaya kâh tüylerini kâh toprak parçalarını savurarak çok zarif bir dans gösterisi yaptılar.

Güneş yükselmeye devam ederken, birdenbire binlerce kuş havalanıp kulakları sağır eden çığlıklarla tepede dönmeye başladılar, nedeni de yalnız bir kartalın aniden çıkıp gelmesiydi. Kartal ormanın ilerisindeki düzlüğe kondu, biraz sonra turnalar ve kazlar da kartalın etrafında daire şeklinde bir boşluk bırakarak yere indiler. Bir süre sonra kartal geldiği yöne doğru uçup gitti.

Bir kayaya oturup vadiye ve masmavi gökyüzüne baktığımda gözlerim buğulandı. İlerideki yalnız ağaca iki kuzgun geldi ve bana bağırdılar! Kendileri görünmeyen kuşların cıvıltıları başdöndürücüydü. Kurumuş otların, toprağın, irili ufaklı tabiat meyvelerinin kokusu geliyordu.

Doğada en tehlikeli şey, evcil olup olmasın, anneyle yavrusu arasına girmek veya yaralanmış, kaçamayan veya bir şekilde insanlardan nefret etmeyi öğrenmiş bir hayvanla karşılaşmaktır. Hayvanlar; telaşlı, ne yapacağını bilmeden hareketler yapan insanı tehdit ve tehlikeli bir varlık olarak algılamaktadır.

Günbegün, güneş altında, rüzgârda, yağmurda tepelere tırmandım, ormanlara girip çıktım. Gökyüzünün aydınlık, karanlık, aylı aysız, yıldızlı yıldızsız hallerini gördüm. Doğa büyülü bir dünyaydı ve insanda uyandırdığı en önemli duygu sonsuzluk hissiydi.

Doğada yalnız başına olmanın hazzını yaşamış olanlara bir şey söylemeye gerek yok; ama bu hazzı yaşamamış olanlara da, güzelliğin ve sonsuzluk hissinin insanı ansızın, hiç beklenmedik bir biçimde sarıveren o güçlü mistik ruhu nun hiçbir sözcükte ifade edilemeyeceğini söyleyebilirim.

Güzellik oradaydı, ama tam farkındalık anları hiç hesaplanmadan bir anda ortaya çıkıyordu. Bu anlar habersizce gelirdi; örneğin günbatımından önceki mat parıltıyı seyrederken veya ormanda dev bir ağacın yaprakları arasından yukarı, yeşil, kahverengi ve siyah gölgelerin içinden ara sıra görünen mavi gökyüzü parçalarına bakarken veya karanlık çökerken, elimi bir ağacın henüz sıcak kabuğuna dayamış halde yeni doğmuş ayı seyrederken... Zaman içinde doğaya ve hayvanlara yaklaştıkça kendime de daha çok yaklaştığımı hissediyordum. Ormanda özellikle yağmur yağarken oturmak veya yağmurun dinmesini ormanın içinde beklemek; insanın düşlere dalmasına sebep oluyordu. Yağmur damlalarının yaprakların üzerine düşerken çıkardığı sesleri dinlerken insan kendisini yeşillerden, kahverengilerden ve havanın hafif gri renginden oluşan alacakaranlık bir dünyayla çevrelenmiş gibi hissediyordu.

Yüksekte ay ışığında oturduğum o büyülü gecelerde, altında gümüşi ışık, ormanın üst örtüsünü oluşturan sayısız yaprağın üzerinde parlardı. Ay ışığının çok parlak olduğu gecelerde, öyle ki, sadece en parlak yıldızlar görülebilirdi. Gökyüzünün gri sisi dağ tepelerinde asılı kalır ve aşağıdaki düzlüğe çökerdi. Ama bir süre sonra ay yavaş yavaş derenin uzağındaki dağların ardına gizlenir, hatta bir süre sonra ardında kalan o ışık da yok olurdu. İşte o zaman gece bambaşka bir hale; zifiri karanlık, hışırtı ve dal çıtırtıları arasında başka bir âleme bürünür.

Doğa her zaman güzeldi ve insan ruhunu besliyordu. Ormanın bir yerinden başlayan ve ağaçlardan ağaçlara sanki telgraf direkleri gibi bir iletişimi vardı. Ağaçların içinde veya üzerinde olup biten gizemli şeyler hissediyordu insan. Küçük, çizgili bir sincap, sincaplara özgü helezoni hareketlerle ağaca tırmanıyor, patlak gözleriyle yuvarlak kulakları tetikte ağaç kovuklarına başını sokuyordu. Kadife tüylü, siyah, büyük bir arı mor renkli cılız çiçekleri dolaşıyordu, gövdenin arka kısmı, ormanı yer yer aydınlatan güneş ışığı beneklerinden geçerken canlı portakal renginde parlıyordu.

Burada; maddeciye savurgan keşmekeşlik yoktu. Niye bağırdığı belli olmayan müzik diye ortaya saçılmış tiz çığırtkanlıklar, benzin ve dizel dumanının tiksindirici kokusu da yoktu. Orman sakinlerinin amaç dolu hayatları vardı, insanların pişirdiği yemek kokuları da ortalığı kırıp geçirmiyordu.Burada yaprakların yumuşak hışırtısı, kuşların şarkıları, böceklerin türküleriyle, kuru toprağın yağmur sonrası kokusu ve çiçeklerin soluduğu hava vardı...

İnsanların büyük bir kısmı kör bir umursamazlık içinde yaşıyor. Herkes büyük bir geminin içinde. Rüzgârın gittikçe suyu hareketlendirdiğini görememek akıl alır gibi değil. Doğa hükmünü yürütürse, ki yürütüyor, öfkesini hiçbir şey dindiremez; iki şey olacaktır: Ya tekne alabora olup devrilecek veya kayalara bindirerek vuruk ve sıyrıklarla kurtulacaktır. İkinci ihtimal hâlâ insanoğlunun elinde. Elinde olması da; bundan sonrası onun ne yapacağına bağlı...

Kırmızı, rengârenk dağlarda tüyleri ışıl ışıl insanın gözünü alan bir hayvan yaşarmış. Altın sülün derlermiş onun ismine. Bu sülünün sesi insanı acıya sürükler sonunda da çıldırtırmış. Dolunay da, ağaçların üstünde oturur ve dağlardaki altın sülünün şarkısını söylermiş. Yüksek dağların kuşu olan altın sülün dokuz renkliymiş; sesinde, suyun gücü, nehrin dalgaları, bulutları sürükleyen baharın rüzgârı varmış.

Altın sülünü hiçbir şekilde, avcılık yapan bir insan veya bir yırtıcı hayvan asla yakalayamaz. Dağların dokuz renkli altın sülününü yakalamak isteyen en az onun kadar iyi uçmalıdır, aksi takdirde tüylerinin tekine bile dokunamaz...

Altın sülün de, anka kuşu, beyaz karga gibi doğanın mitlerindendir. Doğanın yasalarıyla doğuyor, yaşıyor ve ölüyor. Yaşamının başladığı yer de, yok olduğu yer de doğanın göbeği. Bunu fark etmiyor, tutmuş; altın sülün, anka kuşu ve beyaz karga gibi doğanın mitlerinin peşine düşmüş!

Bu kuşların masallarıyla avunup duruyor! Gerçeklik yok, safsata çok... Dünyada tespit edilerek isimlendirilmiş 25 bin kuş türünü, vurdumduymazlığı ve açgözlülüğü yüzünden 12 bine düşürmüş, bunlar neden yok oldular? Nereye gittiler diye düşünmez; üç hayali kuşun peşinde koşar...

"Şarkı söyleyen kuşun acısını
Ölmekte olan çiçeğin kederini
Yapraklara müzik getiren rüzgârı
Vuran güneşin ışınlarını
Doğanın beyaz çığlıklarını
Yaşayan ölüler değil,
Işığa ulaşmaya çabalayan
Ten kafesinden kurtulmuş
Ruh görür..."

Su nasıl yok olmadan akıp gidiyorsa, zaman da aynı şekilde varlığından bir şey kaybetmeksizin akıyor. Görünüşte akıp gitseler de varlıkları tükenmeyenlere birer örnek sayılırlar. Sabah saatlerinde yüzünü yıkamak için eğildiğinde, bil ki, dün yaptığının aynısını yapıyorsun bugün de...

Sonbaharda, "V" oluşturarak kış mevsimi için güneye giden kazların, o şekilde uçmalarının nedenini bilim keşfetmiştir. Her kuş, kanadını çırparken, kendini izleyen kuşu yükselten bir güç yaratır. Tüm sürü "V" şeklinde uçarak, kuşların ayrı ayrı uçacağı duruma göre %70 daha hızlı uçar. Ortak bir yön ve birlik duygusunu paylaşırlar.

Bir kaz grubun dışına çıkarsa, yalnız yol almanın sürtünme kuvvetini hemen hisseder ve öndeki kuşların kaldırma kuvvetinden yararlanmak için hızla oluşuma döner.

Öncü kaz yorulduğunda yerini başka bir kaza bırakarak grubun gerisine katılır. Arkadaki kazlar hızlarını yüksek tutmaları için öndekilere seslenerek onları yüreklendirir.

Bir kaz hastalanır ya da insanlar tarafından vurulup kafileden çıkıp yere düşerse, iki kaz daha kafileden ayrılır, yanına gelir, yardım ve koruma sağlar. Düşen kaz yeniden uçabilene ya da ölene dek yanında kalırlar. Ancak o zaman, tek başlarına uçmaya başlar ya da başka bir gruba katılırlar. Kazlardaki bu duygu ve anlayışı kaç kişi anlayabilmiş ve yerine getirebilmektedir acaba? Kazlar, hem nasıl güçlü olunabileceğini hem de kara günlerde birbirlerine nasıl destek sağlayabileceklerini çok iyi biliyorlar.

Şu: "kaz kafalı" lafını hangi hödük icat etmiş, bilen var mı?

Bir zamanlar, büyük bir dağın tepesinde bir kartal yuva yapmış. Yumurtalar henüz kuluçka dönemindeyken dağda bir deprem olmuş. Kartalın yuvasındaki dört yumurtadan biri depremin şiddetiyle yuvadan düşüp dağın tepesinden yuvarlana yuvarlana vadideki bir çiftliğe ulaşmış. Bu çiftlik bir tavuk çiftliğiymiş. Çiftlikteki tavuklar kendi yumurtalarına pek benzemeyen bu değişik ve biraz da büyük yumurtayı sahiplenmek istemişler. Yaşlı bir tavuk yumurtayı koruması altına almış ve öteki yumurtalardan çıkacak yavrulardan ayırmaksızın büyütmeye karar vermiş.

Günü dolup zamanı geldiğinde yumurtanın içindeki kartal yavrusu kabuğunu kırmış ve dünyaya gelmiş.

Bir tavuk çiftliğinde bulunduğunu ve kendisini de çevresindeki yüzlerce tavuğun arasında olduğunu görünce, kendini tavuk sanmış ve çiftlikteki tavuklarla birlikte o da tavuk gibi büyümeye başlamış. Yalnızca o kendini tavuk gibi görmekle kalmıyormuş, çiftlikteki tüm tavuklar da onu kendilerinden sayıyor ve ona bir tavukmuş gibi davranıyorlarmış. Kartal zaman zaman içinden, "Ben çevremdeki tavuklara pek benzemiyorum... Acaba ben kimim?" diye geçiriyor, ama bu kuşkusunu bir türlü dile getiremiyormuş. Ne de olsa o da bir tavukmuş ve tavuk olduğunu bilmeli, kabul etmeliymiş.

Bir gün çiftlikte öteki tavuklarla birlikte oyun oynarken yukarılarda birkaç kartalın özgürce uçtuklarını görmüş.

Kendini tutamamış, yüreğinde bir anda oluşuveren coşkuyla haykırmış: "Aman Allahım, ne kadar da güzel uçuyorlar!" demiş. "Ben de onlar gibi uçmak istiyorum..."

Tavuklar onun bu sözlerine hep birlikte gülmüş.

"Sen bir tavuksun," demişler. "Ve şunu aklından çıkarma: Tavuklar kartallar gibi uçamaz."

Küçük kartal o günden sonra hemen her gün gökyüzüne bakıyor ve yukarılarda uçan bir kartal arıyormuş gözleriyle... Bir kartal gördüğünde ise çiftlikteki öteki tavukları unutuyor, gökteki kartal gözden kayboluncaya dek büyük bir hayranlık ve özlemle onu izliyormuş.

Sonra da tüm hayranlığını ve özlemini, kartal gördüğü zaman yaptığı gibi, hep aynı sözlerle dile getiriyormuş: "Ah Tanrım, ne olur ben de onlar gibi uçabilsem!.. Ben de onlar gibi kanat açabilsem göklerde..."

O böyle konuştukça, çevresindeki tüm tavuklar da her zaman söylediklerini bir kez daha yineliyorlarmış.

"Vazgeç bu düşlerden... Sen bir tavuksun ve hep tavuk olarak kalacaksın..."

Küçük kartal, çevresindeki tavukların her gün birkaç kez yineledikleri bu sözlerden öylesine etkilenmiş ki... Sonunda bir kartal gibi göklerde özgürce kanat açma düşüncesinden vazgeçmiş ve yaşamını bir tavuk gibi sürdürmeyi kabul etmiş. Ve bir tavuk gibi sürdürdüğü yaşamının sonunda da bir tavuk gibi ölmüş.

Birçok insanla bir araya gelmek yerine, tek bir insanı aramanın çok daha iyi olduğu söylenmiş miydi size? Ama bu insanı bulmak da o kadar zor ki...

Descartes: "Yüz budalayı bir yığın yapsalar, bir akıllı adam etmez!"

Sadi, insanoğlunu çözmüş! Yolu da tarif etmiş:

"Hükümdar öğle vakti derse:
Gece oldu!
Sen de şöyle de: İşte ay
İşte gezegenler!"

17. Bölüm

Doğanın kanıta ihtiyacı yoktur. Parlaktır, ışık saçar, varlığı anında hissedilir, ama sadece onu hissedebilecek yüreğe sahip olanlar tarafından. Güneş her sabah doğar, ama bakan körler için değil, onlar için gece devam eder; onların gecesi sonsuza kadar sürer.

Güneş orada olduğu halde, göz noksansa, güneş de sanki yoktur. Doğa baştan aşağı melodidir. Ama en müthiş müzik bile duymak istemeyenler tarafından işitilemez.

Gökyüzündeki yıldızlar gündüz değil de gece görülebilir. Halbuki onlar yerlerinde durmaktadır. Güneşin ışığı çok olduğu için gündüz görülmezler. Ama geceleyin, güneş batıp her yer karanlık olduğunda yıldızlar görünmeye başlar. Yıldızların parıltıyla ortaya çıkması için karanlık gerekmektedir. Ateşböceği kimseyi bir yere götürmez, ama karanlık bir gecede bile en azından ışığın varlığına dair bir umuttur.

Genelde insanlar kapanmış gibi yaşıyorlar. Özellikle de kentlerde ne güneş onların varlıklarına nüfuz edebiliyor, ne rüzgâr ne de yağmur, açığa çıkmak; kozada hayat sürmekten daha güvensiz geliyor onlara.

Doğa köktür. Toprağa kök salmak gerekir. Toprağa kök salınmazsa ağaç eninde sonunda kurur. Kurak kalınca da ne bir meyve verebilir ne de çiçek açabilir.

Çiy damlasını görmek, en kurak bir yerde bulunulsa bile denizi görmenin bir başka biçimidir. Deniz neyi barındırıyorsa çiy damlası da aynı şeyleri barındırır.

İnsan doğal dengeyi bozabilecek kadar güçlendi. Doğal dengenin yok edilmesi kaçınılmaz olarak kendi türünün de yok edilmesi olacaktır. Endüstri ve teknoloji refahı ve konforu artırırken insanı da makineleştirdi. Beden zaten makineydi; şimdi zihinde otomata bağladı.

Doğanın denizinde yaşayan bir canlının bir dalgası vardır. İster canlı ister cansız olsun; onun sonsuzluğu, her nesnenin yok oluşu vardır. Durgun bir göle taş atmak gibidir. Taş gölün derinliklerine düşer, gözden kaybolur, dibine iner ve orada kalır ama yarattığı dalgalar kıyılara doğru yayılmaya devam eder. Doğanın yaşam denizinin kıyısı yoktur, bu yüzden dalgalar sonsuza dek yayılmaya devam eder.

Nasreddin Hoca bir gölde balık tutuyordu. Göl özel bir göldü ve balık tutmak kesinlikle yasaktı. Ve hocanın tam arkasında büyük harflerle "Balık tutmak yasaktır. Araziye izinsiz girenler mahkemeye verilecektir" yazan kocaman bir levha vardı. Ama o, kıyıda oturmuş balık avlıyordu.

Arazi sahibi geldi ve onu suçüstü yakaladı:

"Ne yapıyorsunuz?" diye sordu.

Hoca güldü ve şöyle dedi:

"Balıklara yüzme öğretiyordum."

Hiçbir balık yüzme öğrenmeye gerek duymaz. Çünkü o, yalındır.

Toprağın üzerinde ne varsa hepsi kökten gelir; bütün korkular ölümden kaynaklanır. Güven duymak cesaret ister. Güveni engelleyen korkudur. Sadece korkusuz bir insan güvenebilir.

Güvensiz insan, doruklardan uzak durmak ve düz yerde yürümek ister. Ne doruklar, ne derin vadiler; hiç doruğu ve vadisi olmayan sıradan bir yaşam sürmeyi yeğler. Bu; akılsız, sıkıcı, tekdüze, sönük, durgun bir yaşamdır. Fakat bunun iyi bir tarafı vardır; iki şeyle karşılaşmaz: Dorukların soğuğu, vadilerin rüzgârları. Ama buna karşılık, asla büyümeyecek ve gelişmeyecektir.

Anlayarak büyüme; sadece doruktan vadiye, vadiden doruğa hareket edilince gerçekleşir. Büyüme ve yaşamın manası; sadece karanlık ve aydınlık arasında ışıktan karanlığa doğru olan o sürekli ve çetin yolculukla gerçekleşir. Dalgalar üzerinde alçalıp yükselmeden yaşamın ne olup ne olmadığı anlaşılamaz.

Adamın biri mezarlığın yanında düşmanları hakkında hayal kurarken, bandolu çığırkan bir düğün alayını, hava da tam kararmak üzere olduğu için, "İşte düşmanlarım beni öldürmeye geliyor," diye koşarak kendini boş bir mezarın içine atmış. Düğün alayındakiler onu görüp, mezarın başına toplanmışlar. Hepsi mezara eğilip bakmış ne yapıyor bu adam diye.

"Burada ne yapıyorsun?" diye sormuşlar.

Mezarın dibine çökmüş adam: "Siz burada ne arıyorsunuz? Onu söyleyin," demiş. Adamlar sinirlenmişler: "Önce sen söyle neden burada olduğunu!"

"Önce sen söyle!" Bir evrensel soru. Tabii cevabı verilebilirse! Tüm canlılar için de geçerli. Kim ne maksatla, ne zaman, nerede, nasıl, ne yapıyor? Bunun cevabı doğanın gizeminde ve yazgısını elinde tutanlardadır...

Bir tilki ormanda genç bir tavşanla karşılaşmış. Tavşan sormuş:

"Sen nesin?"

Tilki: "Ben tilkiyim," diye yanıt vermiş. "Ve canım isterse seni yiyebilirim."

"Peki, tilki olduğunu nasıl kanıtyabilirsin?" diye sormuş tavşan. Tilki ne diyeceğini bilememiş, şimdiye kadar karşısına çıkan tavşanlardan hiçbiri böyle sorular sormamış ona, sadece kaçmışlar.

Tavşan: "Tilki olduğuna dair yazılı bir kanıt gösterebilirsen sana inanırım," demiş.

Tilki doğru aslana koşup, ondan tilki olduğuna dair bir belge almış.

Tavşanın beklediği yere geri dönüp belgeyi okumaya

başlamış. Bu onu öyle keyiflendirmiş ki, her paragrafın üzerinde dura dura, uzun uzun zevkle okumuş. Bu arada belgenin anafikrini daha ilk satırlarda anlayan tavşan bir oyuktan içeri girip gözden kayboluvermiş.

Tilki aslanın mağrasına geri dönmüş ve onu bir geyikle konuşurken bulmuş.

Geyik, "Aslan olduğuna dair yazılı bir kanıt görmek istiyordum..." diyormuş.

Aslan, "Aç olmadığımda böyle bir şeyle uğraşmam gerekmez. Aç olduğum zamansa yazılı bir şey görmeme hiç gerek kalmaz," demiş.

Tilki aslana, "Peki, tavşan için bir belge almaya geldiğimde bunu bana niye söylemedin?" diye sormuş.

"Sevgili dostum," demiş aslan, "belgeyi isteyenin bir tavşan olduğunu söyleseydin ya bana!" Ben onu bazı sersem hayvanlara bu eğlenceyi öğreten ahmak insanoğlunun biri için sanmıştım."

Doğa her şeyi insanların gözüne asırlardır sokuyor da belge sunamıyor!..

Hayvanlar gözleri açıkken uykuda olmazlar! Ormandaki her hayvan tetiktedir. Bir kuş ağaçta otururken olup bitenleri dikkatlice gözlemeye devam eder. Kuşa doğru yüründüğünde, izin verdiği belli bir alan vardır. Onun ötesinde bir adım daha atınca uçup gider. Birisi onun sınırları olan alanına girerse tehlikelidir.

Doğayla uğraşan insanlar, isimlerinin önlerinde bir sürü unvanı olan eğitimli insanlardan çok daha fazla uyanıktır. Çünkü doğa uyanıktır, doğayla uğraşanlar da uyanık olmak zorundadır.

Uyanık olma tarzları farklı olmakla birlikte ağaçlar da çok uyanıktır. Bilimsel olarak kanıtlanmıştır. Ağaç kesmek maksadıyla, balta veya testere ile birinin ormana girdiğini fark eden tüm ağaçlar, ne olacağını hemen hissederler. Ölümün yakınlarında dolaştığını bilirler.

Heraklit der ki:

"İnsanlar uyanık anlarında da uyurkenki kadar etrafında olup bitenlere karşı dikkatsiz ve unutkandır.

Ahmaklar duymalarına karşın sağır gibidir; onlar için 'ne zaman burada olsalar mevcut değiller' deyimi uygun düşer."

Bulutların öyküsü vardır: Nereden geldiklerini bulursanız, denizlere gitmek zorunda kalırsınız, sonra güneş ışınlarına ve suyun buharlaşmasına ve bulutların şekillenmesine... Ve sonra devam edilirse, ancak bir çember içinde dolanılacaktır. Bulutlar oluşur, sonra tekrar gelirler, ağaçların kendilerini beklediğini bilirler, tekrar yeryüzüne dökülmeye başlarken, nehre dönüşürler, denizlere giderler, buharlaşmaya başlarlar, güneş ışınlarıyla tekrar yükselirler, bulut olurlar ve tekrar yeryüzüne düşerler... Bu sürekli döner durur, döner durur. Bu bir çarktır, her şey bu çarkın içinde kalır.

Doğa, bedenin bütün temel fonksiyonlarını yerine getirme görevini içgüdüye vermiştir. İçgüdü fizikseldir. Milyonlarca yıllık deneyime dayanan geçmiştir. Asla kanmaz ve asla hata yapmaz.

Yenilenler nasıl kan oluyor? Nefes alıp verme uyurken bile nasıl gerçekleşiyor? Beden oksijeni azottan nasıl ayırıyor? Doğanın içgüdüsel dünyası, bedenin her parçasına ihtiyaç olan şeyi nasıl sağlıyor? Beynin işlevini sürdürmesi için başa ne kadar oksijen gönderilmesi gerekiyor? Taze oksijen dağıtıyor, eskimiş ve ölmüş hücreleri yeniliyor, anti toksinleri ter olarak derinin gözeneklerinden dışarı atıyor... İçgüdü makinesi durmaz (ölüm hariç) ve hata yapmaz.

Bu âlemde geçer akçe cehalettir!

18. Bölüm

Neredeyse iki haftadır doğanın içinde yaşıyordu. Uğur geçen zaman içinde, daha iyi beslendiği ve hareketli bir yaşamın içinde olduğundan biraz daha irileşmişti.

Geceler artık daha serin, güneşin de eski yakıcılığı yoktu. Sağanak halinde olmasa da yağmurlar biraz daha sık görülüyordu.

"Bir iki güne kadar geri dönmeliyim," diye düşündü.

Gece ötücülerinin sesleri yavaş yavaş kaybolurken, erkenden uyandı. Hafif bir şeyler yedikten sonra, malzemelerini toplayıp çantasını kuşandı ve yola çıktı.

Bir saat kadar gitmişti ki geniş bir çayırlığın ortasında bulunan yabani bir zeytin ağacının altına saklanarak, ötücü kuş tutan üç kişi gördü. Onların av malzemelerini düzenledikleri ve kuşları bekledikleri yönün tersinden, açık alanı eğile eğile geçerek zeytinin altına girdi. Avcılar, en fazla lise çağında sayılabilecek yaştaki çocuklardı.

Çağrı'nın, üstelik köpekle yanlarına gelmesinden önce tedirgin oldular, ama sonra dikkatlerini bekledikleri kuşların istikametine çevirdiler. Çağrı, Uğur bir şeyler yapıp da çocukların canını sıkmasın diye, çöktüğü yerde yanına yatırdı ve onu sakinleştirdi.

Çağrı, "Nasılsınız çocuklar, şansınız nasıl bugün?" dedi.

İrice olan, elebaşları olduğu her halinden belli olan oğlan, "Pek iyi sayılmaz," dedi.

"Niye? Gördüğüm kadarıyla kapancada* beş altı tane kuş var."

"O ne ki ağabey? Çok daha fazla tutmalıydık bu zamana kadar, sabahın köründen beri buradayız," dedi.

"Sadece iskete tutabilmişsiniz, saka göremedim."

"Nedendir bilinmez, bu sene saka geçişlerinde bir zayıflık var, kuşlar mı azaldı, ne oldu?"

Çağrı, "Sadece sakalar değil, bütün kuşlar azaldı."

"Niye ne oldu?"

"Niye oldusu var mı? Yaşam alanlarını yok etti insanlar... Kaçak avlandılar, bilip bilmeden ilaçlar kullandılar, doğal olarak türlerin sayıları da her geçen gün azaldı."

"Bu koca dünyada bizim tuttuklarımız bir avuç etmez."

"Herkes bir avuç tutsa ve bütün avuçlardakini toplayınca ne kadar eder, peki?"

"Bu aklımıza gelmedi!"

"İskete ve sakaları ağ ve ökseyle veya başka bir yöntemle tutmak yasak. Yani kanunsuz. Siz aslında şu anda

---

* küçük kafes

suç işliyorsunuz. Bu iki kuş türü de koruma altında, yakalananlar cezalandırılıyor."

Üç oğlan birbirinin suratına baktı. Huzurları kaçtı, ne söyleyeceklerini bilemediler.

İri olan: "Ağabey, yoksa sen, sivil giyinmiş jandarma mısın?"

Çağrı gülerek: "Hayır değilim, daha askerlik bile yapmadım."

Oğlanların biraz rahatladığı her hallerinden belli oluyordu.

Oğlanlardan biri: "Ağabey, sen buralardan değilsin, nerede yaşıyorsun?"

"Büyük bir şehirde yaşıyorum, doğayı tanımak ve içindeki yaşamın ne olduğunu görmek için de, dağ taş dolaşıyorum."

Üç oğlan bu kez önce birbirlerinin suratına sonra da pür dikkat Çağrı'nın yüzüne baktılar. Bakışlarında: "Yoksa bir kaçıkla mı karşı karşıyayız" kaygısı vardı.

Bu arada birkaç iskete daha tuttular ve onları da daracık kapancanın içine attılar. Eskiden tutulan kuşlar kapancanın tellerine, buradan kurtulmak için gagaları ve kanatlarıyla vura vura yorgun düşmüşler, ağızları açık bir şekilde yatıyorlardı. Şimdi çırpınma sırası yeni gelenlerdeydi, bu defa kurtulma çaresizliğini onlar yaşıyordu.

Çağrı: "Siz hiç hapis yatıp, bir hücreye kapatıldınız mı?"

Başları olan: "Niye hapis yatalım ağabey? Biz hiç suç işlemedik ki."

"Bu kapancaya doldurduğunuz kuşlar suç mu işledi o zaman?"

"Ama onlar kuş!"

"Siz onları yakalamadan önce özgürdüler; kışı geçirmek ve hayatlarını devam ettirmek için binlerce kilometre uçarak güney bölgelere gitmek üzereyken, mani oldunuz ve bir hücreye kapattınız. Siz, ne kadar özgür olmak istiyorsanız, onlar da aynı şekilde özgür kalmak istiyorlar. İskete ve sakaların veya ispinozların özgürlüklerini ellerinden alma hakkını size kim veriyor? Ve bütün dünyada aklı başında olan herkes bunu anlamış ve yasaklar koymuşken üstelik. Mesele sizin sandığınız gibi insan-kuş meselesi değil, canlı varlık meselesi..."

"Kimse söylemedi ve hiç böyle düşünmemiştik ağabey."

"Bu kuşları ne yapıyorsunuz?"

"İlçeye gönderip sattırıyoruz."

"Diyelim bu kapanca ağzına kadar dolu, kaç lira kazanıyorsunuz?"

"En fazla kırk ila elli lira."

"Bu, sizin için çok mu bir para?"

"Ne diyorsun ağabey? Sorulur mu?"

"Kuşları tuttuğunuzdan satılma anına kadar bu hayvanlar aç susuz bu kapancada tepeleme dururken, bazıları ölebiliyor değil mi?"

"Olmuyor diyemem, ara sıra ölenler oluyor."

"Biraz önce şu arkadaşın naylona sarılı ekmekten bir parça koparıp yedi, üstelik ekmek küflüydü. Acıkınca dayanamadı, kuş tutmayı bile bıraktı. Demek ki bir canlı aç ve susuz duramıyor."

"Acıkmış demek ki."

"Kuşlar da öyle!"

Gökyüzü hafif bulutlanmıştı. İskete ve saka kafileleri ara sıra civardan ve üstlerinden geçti, ama mostura ve ökse tuzaklarına gelmediler. Oğlanlar bunu kendi ötücü kuşlarının beceriksizliğine yorumladılar.

Çağrı: "Ben kapancadaki kuşların hepsini satın alıyorum. İki kafestesi kuşla, perempe diye yere kazıklarla bağladığınız ve sallosturadaki kuşlara kaç lira istiyorsunuz, söyleyin bakalım!"

Oğlanlar önce afalladılar, kısa bir süre sonra başları olan, "Hepsini mi satın almak istiyorsunuz?" dedi.

"Evet, ne kadar kuş varsa hepsini. Hatta kafesleri, mostura dahil tümünü satın almak istiyorum. Kaç lira ediyor, ağınız ve derme çatma iki kafesiniz? Kafeslerinizin de kapancadan farkı yok zaten, uyduruk şeyler!"

Üç oğlan kuş tutmayı bir kenara bırakarak başladılar kendi aralarında fısır fısır konuşmaya. Anlaşıldığı kadarıyla biri bütün kuşların satılmasını istiyor, fakat kafeslerle mosturanın satılmasına razı olmuyordu. Sonunda diğer ikisi onu ikna etti.

Çağrı: "Siz kuş paralarını ne yapıyorsunuz?"

"Cep harçlığı ağabey."

"Ailenize hiç vermiyor musunuz?"

"Onlara verecek kadar kazanamıyoruz ki."

"Kafesleri ve ağı görmeyince size kızmasınlar."

"Ne kızması ağabey! Onlar bize, kuşa gidiyoruz, okumalarımızı aksatıyoruz diye kızıyorlar."

"Bak gördünüz mü?"

Çağrı oğlanların üst ve başlarına alıcı bir gözle baktı. Ayakkabıları, pantolonları ve ceketlerinin hiçbiri yeni değildi, bir tanesininki oldukça da eskiydi.

"Hadi söyleyin bakayım, ne istiyorsunuz?"

Biraz daha kafa kafaya verip konuştular. Bitince, başları olan:

"Sizin için iki yüz lira olur ağabey," dedi.

Çağrı gülerek: "Çok istemediniz mi? Bu dağ başında insanda iki yüz lira ne gezer! Biraz insaflı olun."

Oğlanlar bir şey söyleyemedi. Çağrı oturduğu yerden kalkıp üçünün yanına geldi, cüzdanını çıkardı, her birine yüzer lira olmak üzere üç yüz lira verdi ve sordu:

"Tamam mı? Anlaştık mı?"

Gözlerinden şaşkınlık akıyordu. Geveleyerek ve inanamayarak, "Anlaştık ağabey," dediler.

Çağrı, "Sizler artık kuş tutmama özgürlüğüne sahipsiniz. Bunun kıymetini bilin. Gidebilirsiniz," dedi.

Oğlanların av teçhizatı dışında, naylona sarılı ekmeğin dışında herhangi alabilecekleri bir şeyleri olmadığından, "Sağ ol ağabey, hakkını helal et," diyerek, zeytinin altından ayrıldılar. Önce kırk elli adım normal yürüyüşle gittikten sonra, birden koşmaya başlayarak ilk gelen çalıların ardında kayboldular...

Önce kapancadaki kuşları birer ikişer saldı. Hayvanlar çığlıklar atarak, uzun ötüşlerle önce gökyüzüne yükseldiler, sonra da göç yoluna döndüler. Birkaç tanesi heyecandan hemen zeytinin dallarına kondu, ama uzun kalmayıp uçup gittiler.

Perempe olarak bir değnekte yere bağlı iskete ve sakanın ayaklarına bağlı ipleri keserek onları bıraktı. Sallosturadaki isketeyi oradan kurtarıp salıverdi.

İki kafeste ötücü kuş olarak, birinde iskete diğerinde de saka vardı. İki kafesin de kapıları açılınca, kuşlar dışarı fırladılar.

İki kafesi, kapancayı, mustura ağını ve ağaçtan yapılmış sallosturayı bir yere topladı. Kafesler ahşaptı, ikisini de ayağıyla kırdı. Hepsini üst üste koyarak yaktı. Bütün teçhizat kısa bir süre içinde küle döndü. Üzerlerini toprakla örttü.

Çantasını kuşandı. Aynı yerde durmaktan köpek de sıkılmıştı.

"Uğur, haydi bakalım. Yolcu yolunda gerekmiş. Gidiyoruz. Dönüyoruz. Rastladığımız ilk köy aracıyla ilçeye, oradan da şehire... Seni bırakamam, sen de ayrılamazsın. Şehri ne kadar seveceksin bilemem! O artık sana kalmış," dedi, ilk adımı attı...

Söylendi:

"Doğan ve doğacak olanlar
Gömülmüş ve donmuş gibi durmayın
İsterseniz taş da canlanır.
Sen uyuyorsun oysa..."
İçimde var olan bir boşluğu doldurdum...
Gene geleceğim...
Güneş her şeyi biliyor...